D1138925

Weg

MARJAN VAN ABEELEN

Weg

Van Holkema & Warendorf

Voor Syl

ISBN 978 90 475 0042 1
NUR 284
© 2007 Uitgeverij Van Holkema & Warendorf,
Unieboek BV, Postbus 97, 3990 DB Houten

www.unieboek.nl
www.marjanvanabeelen.nl

tekst: Marjan van Abeelen
ontwerp omslag en binnenwerk: Ontwerpstudio Bosgra BNO, Baarn
foto omslag: Photodisc/Getty Images
opmaak binnenwerk: ZetSpiegel, Best

I

'Nee, Brenda, je blijft thuis!'

'Maar, mam, ik heb met Tamar afgesproken,' protesteert Brenda. 'We moeten dat stuk voor CKV afmaken en...' Ze krijgt geen kans om uit te leggen dat zij en haar vriendin zwaar achterlopen met hun werkstuk.

'En ík heb een afspraak bij de doktersassistente,' valt Sophie Meijer haar in de rede. 'Ik moet mijn bloeddruk laten controleren. En daarna ga ik naar de supermarkt.' Ze kijkt Brenda boos aan. 'Is het dan zoveel gevraagd om even op de kleintjes te passen?'

Brenda bijt op haar lip. 'Hoe lang blijf je weg?'

'Dat weet ik niet. Het ligt er helemaal aan hoe druk het in de winkel is. Waarom vraag je niet of die vriendin hierheen komt?'

Nee, laat maar, denkt Brenda.

Al acht weken woont ze noodgedwongen bij haar moeder, en Tamar is nog niet bij haar geweest. Tamar is haar beste vriendin, maar vriendinnen hoeven niet alles te zien of te weten.

'We kunnen toch niets doen als ik moet oppassen,' antwoordt ze.

'Dat is dan jammer, maar mijn gezondheid gaat nu even voor.'

En de mijne dan? vraagt Brenda zich af. Ik heb nog steeds last van mijn rug!

Sophie zoekt haar spullen bij elkaar. 'Ik ga zo weg. Anna en Jéjé slapen nog. Laat ze niet te lang liggen, want anders krijg ik ze vanavond niet naar bed.' Ze loopt vlak langs Brenda om haar tas te pakken. Brenda doet een stap opzij en stoot haar been tegen de punt van de eettafel.

'Au,' zegt ze gesmoord. Ze wrijft over haar dijbeen. Weer een blauwe plek, denkt ze. Maar nu hoef ik geen smoes te verzinnen.

'Ik ga naar boven,' zegt ze tegen Sophie. 'Misschien kan ik nog wat huiswerk maken voordat ze wakker zijn.'

'Moet ik nog iets voor je meebrengen?' vraagt Sophie wat toeschietelijker.

Brenda denkt na. 'Mijn tampons zijn bijna op.'

Als Sophie vertrokken is, klimt Brenda de twee trappen naar de zolder op. Daar is haar kamertje. Het is een klein hokje dat voordat ze hier kwam wonen een rommelkamer was. Op de vloer ligt versleten beige met oranje gestreept zeil. De muren moeten opnieuw behangen worden. Johan heeft nog geen tijd gehad om dit te doen. Een kast staat er niet. Haar kleren zitten in een koffer en een paar plastic kratten gepropt. Tegen de schuine wand staat haar bed. Het kraakt als ze erop gaat liggen. Aan het voeteneind ligt een stapel knuffeldieren. Bijna allemaal aapjes. Die spaart ze. Ze pakt een van de aapjes en wrijft met haar wang tegen de zachte stof.

Shitzooi, denkt ze. Shitmam. Shitpap, shit-Alice! Ja, jullie zitten lekker samen in Schotland. Je wist dat ik niet bij mam wilde wonen, pap! En je wist dat ze niet op mij zat te wachten.

Ze gooit het aapje terug naar de andere knuffels en staat op. Door het kleine koekoekraam is de grijze lucht te zien.

Waarom moest pap zo nodig verliefd worden op Alice, en niet op iemand bij ons in de buurt? denkt ze als ze naar buiten kijkt.

Ze blaast tegen het raam. Een stukje van de ruit beslaat. Met haar wijsvinger tekent ze vijf stipjes die ze met een lijn aan elkaar verbindt.

'Mama en Johan, Larry, Anna en Jéjé,' fluistert ze.

Boven de stipjes zet ze een vraagteken. Na een paar minuten draait ze zich om. Ze pakt haar schooltas en haalt er de opdracht voor CKV en haar mobieltje uit.

Dit gaat Tamar niet leuk vinden, denkt ze.

Tamars telefoonnummer staat in haar adresboek. Ze drukt op vrijgeven en zoekt het nummer op. Het duurt even voordat er wordt opgenomen.

'Hoi, Bren,' zegt Tamar. 'Ben je al onderweg?'

'Nee, sorry, ik kan niet komen.'

'Ja dag, Bren, ik heb alles al klaarliggen! We hebben nog maar vijf dagen!' zegt Tamar boos.

'Ik weet het en ik baal ook. Maar mijn moeder moet naar de dokter. Ze heeft niemand anders om op Anna en Jéjé te passen.'

'Is ze ziek?'

'Ze moet haar bloeddruk laten controleren.'

'Kan dat niet een andere keer?'

'Kennelijk niet.'

Tamar zucht. 'Oké, dan pak ik wel alles in en kom ik naar jou toe.'

Nee, denkt Brenda. Dat wil ik niet. Eerst moet mam normaal tegen me doen en eerst moet ik een normale kamer hebben. 'Het wordt niks met die kleintjes erbij. Jéjé is hartstikke verkouden. Hij is één grote snottebel en hij wil alleen maar op schoot hangen,' verzint ze snel.

'Ik kan wel tegen een beetje snot en hij mag best een poosje bij mij zitten.'

'Anna is er ook nog. En die wil constant aandacht.'

'Het is jouw schuld als we het niet afkrijgen!'

'We redden het wel. Morgen ga ik gelijk uit school met je mee.' Brenda hoort Tamar nog een keer diep zuchten. 'Ben je boos?' vraagt ze.

'Nee, dat niet. Je doet de laatste tijd alleen zo anders. Verberg je soms iets voor me? Heb je een nieuw vriendje, of zo?'

'Doe normaal!' Brenda moet bijna lachen. Als dát het probleem was!

2

'Brenda, we gaan eten!' roept Larry vanuit de gang.

Ze kijkt geërgerd op. Het onderwerp van de opdracht voor CKV interesseert haar helemaal niet, maar ze moet er iets over te weten komen. Op haar bed liggen een paar folders en blaadjes waarop ze aantekeningen heeft gemaakt.

'Brenda!' Larry is naar boven gerend en steekt zijn hoofd om de deur van de zolderkamer. 'Het eten is klaar, we wachten op jou.'

Ze legt haar schrijfblok opzij. Ik heb helemaal geen trek, denkt ze.

'Je moeder is chagrijnig,' zegt Larry.

'Oh ja?' Wanneer niet? vraagt ze zich af. 'Dan zal ik maar opschieten voordat ze kwaad wordt.'

Sophie en Johan zitten op de driezitsbank. Jéjés kinderstoel staat naast Sophie. Anna hangt scheef op een wit plastic stoeltje.

'Niet wiebelen,' zegt Sophie. 'Straks val je.'

Johan pakt zijn bord van de salontafel. 'Eet smakelijk,' zegt hij.

Larry gaat in de leren draaistoel zitten. 'Mmm, lekker, spaghetti.'

Brenda kijkt naar de tafel. Haar bord is flink vol geschept. Dat krijg ik nooit op, denkt ze. Sinds ze bij haar moeder woont, is haar eetlust een stuk minder geworden. Ze pakt het bord en gaat tegenover Larry op de tweezitsbank zitten. Ze neemt een klein hapje. Het is wel lekker. Sophie kan goed koken. Johan eet snel. Als zijn bord leeg is, pakt hij de afstandsbediening van de tv. 'Is er al nieuws?' vraagt hij.

'Nee, niet nieuws,' roept Anna. 'Ik wil een tekenfilm zien.'

'Eerst eten,' zegt Sophie. 'Brenda, eet jij ook eens door. Of vind je het niet lekker?'

'Jawel, ik heb alleen niet zo'n honger.'

Sophie kijkt haar aan. 'Heb je lopen snoepen toen ik weg was?'

'Nee, helemaal niet.'

'Ben je dan aan het lijnen?'

Brenda schudt haar hoofd. 'Ik ben een beetje moe. Ik ben de hele middag met dat duffe werkstuk bezig geweest.'

'Lukt het een beetje?'

Brenda kijkt naar haar moeder. Als er anderen bij zijn, speelt ze de aardige moeder. En zij speelt het spel mee.

'Ja, hoor. Morgen ga ik naar Tamar om het verder af te maken.'

Johan draait zich om naar Sophie. 'Ben je nog met Anna en Jéjé naar buiten geweest?'

'Nee, daar had ik geen tijd voor. Ik moest vanmiddag naar de doktersassistente.'

'Daar wist ik niets van!'

'Ik heb vanochtend pas besloten om een afspraak te maken. Ik voel me de laatste tijd niet zo lekker. De assistente raadde me aan om mijn bloeddruk te laten controleren.'

'En?'

Brenda is ook nieuwsgierig. Sophie wilde niets zeggen toen ze thuiskwam.

'Hij is te hoog. Ik heb medicijnen van de huisarts gekregen.'

Johan slaat een arm om Sophie heen. 'Je hebt het ook zo druk,' zegt hij. 'Je hebt je handen vol aan die kleintjes en het hele huishouden voor ons zessen, en dan doe je ook nog eens vrijwilligerswerk in het bejaardentehuis. Misschien moet je daarmee stoppen.'

'Ik weet het niet. Het is dankbaar werk.'

'Ik wil best wel helpen,' zegt Larry tegen zijn stiefmoeder. 'Boodschappen halen, of zo.'

'Ik ook,' zegt Brenda.

'We zullen wel zien,' antwoordt Sophie. 'Eerst maar eens kijken wat die medicijnen doen.'

'Is er nog spaghetti? Ik lust nog wel wat,' zegt Larry.

'Ja, er zit nog in de pan. Warm het maar op in de magnetron,' zegt Sophie.

Brenda volgt Larry met haar ogen. Waar laat hij al dat eten? Larry kan de hele dag door eten, maar dat zie je niet aan zijn gespierde lijf. Hij is een stuk langer dan zij en lijkt eerder twintig dan zeventien. Zijn haar is net zo donker als dat van Johan en het krult licht. Toen ze nog bij haar vader woonde, zag ze haar stiefbroer zelden of nooit. Als ze al eens bij haar moeder op bezoek ging, zat hij meestal op zijn kamer te computeren. Nu ze hem beter leert kennen, vindt ze hem best aardig. Larry komt de kamer weer binnen. Hij neemt al lopend een hap van zijn spaghetti en zegt met volle mond: 'Pa, mag ik tien euro van je lenen?'

'Alweer?' vraagt Johan. 'Wordt het niet eens tijd dat je een baantje zoekt?'

'Daar heb ik geen tijd voor.'

'Maar wel om geld uit te geven. Dat begrijp ik niet.'

'Je ziet het verkeerd. Ik heb het geld nodig om een tekenprogramma van iemand over te nemen, zodat ik verder kan met mijn project. Dat is ook werken.'

'Wanneer krijgen we wat te zien?'

Larry veegt met de rug van zijn hand over zijn mond. 'Ooit.'

Brenda neemt nog een paar happen. Jéjé zit met zijn eten te kliederen. Er ligt meer naast dan op zijn bord. Brenda zet haar bord op tafel en wil hem helpen.

'Niet doen,' zegt Sophie. 'Hij moet het zelf leren.'

Maar als Jéjé even later met zijn handjes in het bord graait en daarna zijn hele gezicht onder smeert, grijpt Sophie in. 'Johan junior, dat mag niet!' zegt ze streng.

Brenda schiet in de lach. Jéjé zit onder de spaghetti. Het zit zelfs in zijn haar.

'Laat dat,' zegt Sophie tegen Brenda. 'Straks denkt hij dat hij grappig is.'

Nou ja! denkt Brenda verontwaardigd. Valt er hier een keer wat te lachen, dan mag dat niet!

3

Brenda schiet in haar spijkerbroek. Ze vist een lichtblauw topje uit een krat en zoekt onder haar bed naar een zwart vest. Ze trekt snel de rits dicht en woelt met haar vingers door haar korte gladde haren.

Zo, denkt ze. Nu maar hopen dat de douche vrij is, anders red ik het niet. In drie stappen staat ze bij de zolderdeur. 'Wacht, mijn tas,' zegt ze hardop. Hij staat nog naast haar bed. Het ding is loodzwaar.

Ze heeft geluk. Larry komt net uit de douche als zij de trap af loopt. 'Hoi,' zegt ze. 'Ben je al klaar?'

Larry's haar is nat en hij heeft het strak naar achteren gekamd. Hij heeft zich geschoren en is niet zuinig geweest met aftershave. Brenda snuift een paar keer.

'Mmm, lekker, maar mag ik erlangs? Ik ben laat.'

'Heb jij je verslapen?' vraagt Larry.

'Nee, ik heb vanochtend nog huiswerk gemaakt. Gisteravond had ik geen zin meer om Frans te doen.'

'Heb je het af?'

'Oui, j'ai fini tout mes devoirs.'

'Sjuust, en mon Frans is tres slecht.'

Brenda grijnst. 'Ik zei: ik heb al mijn huiswerk af.'

'Ik begrijp er geen bal van. Ik ben blij dat ik geen Frans heb.'

'Ik vind het een mooie taal.'

Larry duwt Brenda de douche in. 'Geef mij maar Engels. Hurry up, anders kom je te laat. Ik zal vast thee zetten.'

'Oh fijn, dat scheelt weer een paar minuten.' Net voordat ze de douchedeur dicht wil trekken, hoort ze geluid uit Jéjés kamer.

'Mama, melk!' roept hij.

De deur van de kamer van haar moeder en Johan staat op een kier.

'Ssst,' hoort ze Sophie sissen. 'Stil, Jéjé, Anna slaapt nog.'

Het blijft even stil. Brenda staat bij de wastafel.

'Brenda, ben jij daar?' roept Sophie zachtjes. 'Maak jij even een flesje melk voor Jéjé warm?'

'Nee hè,' moppert Brenda in zichzelf. Daar heeft ze helemaal geen tijd voor. Zonder antwoord te geven gaat ze snel naar de keuken. Ze wast haar gezicht wel bij de gootsteen, en ze heeft nog een tandvriendelijk kauwgommetje in haar etui.

'Zo, jij bent snel klaar!' zegt Larry.

Brenda zucht. 'Ik moet drinken voor Jéjé pakken.'

Ze vult Jéjés flesje met melk en zet het in de magnetron. Terwijl Larry brood smeert, wast ze snel haar gezicht onder de kraan. Ze ruikt onder haar oksels. Gisteravond heeft ze gedoucht. Gaat nog wel, denkt ze. Als het piepje van de magnetron gaat, vraagt ze aan Larry: 'Wil jij alsjeblieft de melk naar Jéjé brengen? Ik moet weg.'

'Je hebt nog niet gegeten.'

Brenda doet een plons koud water bij haar thee. Ze roert er twee scheppen suiker door en drinkt het vlug op. 'Ik koop op school wel een broodje. Doe je het?' Ze staat ongeduldig te trappelen.

'Vooruit, omdat jij het bent,' zegt Larry.
'Je bent geweldig, merci en doei!'
Drie minuten voor tijd komt ze hijgend op school aan. Tamar staat te wachten. Vanaf de eerste dag dat ze op de middelbare school zitten, zijn ze vriendinnen. Tamar heeft net zulk donker haar als Brenda. Alleen is het een stuk langer. Alles aan Tamar is lang. Ze is bijna één meter negentig, de grootste van de klas, maar niemand pest haar daarmee. Brenda wordt nog wel eens smurf genoemd omdat ze amper de één meter zestig haalt.
'Scherpe tijd, Bren!' roept Tamar.
Brenda knikt en holt het laatste stukje van de fietsenstalling naar Tamar. Haar schooltas bonkt tegen haar been. 'Maar ik heb het gered!'
'En zij ook.' Tamar wijst naar de ingang van het schoolplein. 'Daar zijn de O'tjes.'
Odillia, Octavia en Olivia fietsen het schoolplein op. Ze trekken zich niets aan van de conciërge, die naar hen roept. 'Afstappen! Jullie weten dat het verboden is om op het schoolplein te fietsen.'
'We zijn laat,' zegt Olivia als ze naar binnen lopen. 'Ik ging gisteren met nat haar naar bed. Vanochtend stond het alle kanten op. Geen gezicht. Odillia zei dat ik een sjaaltje om moest doen. Maar daar zien jullie mij toch niet mee lopen?'
Brenda grinnikt. Olivia is een echt modepoppetje. 'Wat heb je toen gedaan?'
'Ze heeft opnieuw haar haren gewassen,' zegt Octavia. Ze kijkt boos. 'En daarna ging ze het uitgebreid föhnen. Volgende keer wacht ik niet op je, hoor.'

'Heb ik gevraagd of je wilde wachten?' Olivia haalt haar schouders op. Octavia moet zich niet zo opwinden. Ze zijn toch op tijd?

Odillia duwt haar zusjes voor zich uit. 'Kom mee,' zegt ze. 'Jullie zeuren.'

'Hé, jullie hebben toch geen ruzie?' Ron heeft staan luisteren. Het is algemeen bekend dat hij verliefd is op Olivia. Hij slaat zijn arm om Olivia heen. 'Je haar zit hartstikke gaaf.'

Olivia maakt een kusje in de lucht en strijkt langs haar glanzende, zwarte haren. Haar bruine, een beetje scheefstaande ogen glinsteren.

'Spiegeltje, spiegeltje,
wie oh wie,
is het mooiste van ons drie?'

Ze zegt het plagend en schudt Rons arm van zich af. Haar zusjes en haar vriendinnen weten dat ze niets in hem ziet.

'Als je aan een schoonheidswedstrijd mee wilt doen, ben je hier op de verkeerde plaats, Olivia!' Mevrouw De Winter is een van de weinigen die de geadopteerde drieling van Colombiaanse afkomst uit elkaar kan houden. Olivia heeft net onder haar rechteroog een klein moedervlekje. Odillia heeft een iets voller gezicht en op Octavia's linkeroorlel zit een litteken.

'Nou ja, ik doe toch niets,' zegt Olivia beledigd. Ze kan heel slecht met mevrouw De Winter opschieten en maakt er geen geheim van dat ze haar vak economie haat.

'Pardon?' vraagt mevrouw De Winter.

'Pff.'

'Pardon?' zegt de lerares nog een keer. 'Ik kan je ook direct naar de directeur sturen, als je dat liever wilt.'

'Ik zeg al niets meer.' Olivia loopt weg.

Ron gaat haar achterna. 'Laat haar,' zegt hij.

'Dat stomme mens moet míj met rust laten.' Olivia is kwaad. 'Lekker begin van de dag.'

Brenda en Tamar gaan op hun plek achter in de klas zitten.

'Hoe gaat het met Jéjé?' vraagt Tamar. 'En kom je vanmiddag wel? Ik krijg de zenuwen als we het niet afkrijgen.'

'Het gaat beter met hem.' Brenda kriebelt aan haar neus. Het is lastig om steeds weer iets te verzinnen. 'Ik heb gistermiddag nog een poosje zitten werken. Maar ik snap niet wie die opdracht verzonnen heeft. Wat een supersaai gedoe.'

'Brenda, de collectie etnografische voorwerpen kan heel leerzaam zijn!' zegt Tamar zogenaamd streng. 'Wie weet wat je ervan opsteekt!'

'Ja hoor, als ik zestig ben en niets te doen heb, bestaat er een heel kleine kans dat ik het interessant ga vinden,' antwoordt Brenda.

4

'Ik had toch gezegd dat je de was uit de droger moest halen en opvouwen? Moet ik dan alles tien keer vragen?'

Klets! Sophie slaat Brenda keihard op haar wang. 'Ik kan niet álles alleen doen!' Ze tilt haar hand nog een keer op, maar laat hem dan aarzelend zakken. Brenda blijft doodstil staan. Haar wang begint te gloeien. Je gaat te ver, mam, denkt ze woedend. Als je me nog één keer slaat, vertel ik het aan pap!

'Wat doe je in Larry's kamer?' wil Sophie weten.

Brenda kijkt Sophie strak aan. 'Ik heb met pap zitten chatten.'

Sophie staart terug naar Brenda. 'Waar hadden jullie het over?'

'Niets bijzonders. Ik wil gewoon af en toe met pap praten. Ik mis hem.'

'Het is niet mijn schuld dat hij er met Alice vandoor is gegaan.'

Jij ging er met Johan vandoor toen ik tien was, denkt Brenda. Maar dat vond ik niet eens zo erg. Je was bijna altijd aan het werk of je ging naar je sportclub. Haar hand glijdt over haar wang. Ze wrijft over de rode plek.

'Je vader is een egoïst. Toen we gingen scheiden, hebben we afgesproken dat jij bij hem zou blijven. Dat was voor iedereen het beste! Nu het hem beter uitkomt, moet ik ineens voor alles opdraaien,' zegt Sophie.

18

'Daar kan ik toch niets aan doen?'

'Je zou me wat meer kunnen helpen.'

Brenda maakt een beweging naar de deur. 'Ik ga de was opruimen.'

Sophie pakt haar bij haar pols vast. 'Wacht even.' Brenda krimpt in elkaar als Sophies hand haar gezicht aanraakt. 'In het medicijnkastje in de douche ligt een tube zalf. Gebruik die voor je wang. Het helpt.'

Brenda knikt. Sophie houdt haar hoofd schuin. 'Ik heb het ook niet altijd even makkelijk. Soms weet ik van voren niet meer of ik van achter leef,' zegt ze. 'Sorry van daarnet. Het zal niet meer gebeuren.'

Dat heb je al eerder beloofd, denkt Brenda.

'Ga je wang insmeren.' Sophie draait zich om en gaat naar beneden. Brenda vindt de tube in het kastje en leest de bijsluiter.

Te gebruiken bij kneuzingen en blauwe plekken ten gevolge van letsel.

Ze draait het dopje los en knijpt wat van de lichtgroene zalf op haar vingertoppen. Even staart ze naar haar evenbeeld in de spiegel en ziet de plek waar Sophie haar geraakt heeft.

'Goed,' zegt ze tegen zichzelf. 'Wat zullen we nu eens verzinnen?' Ze smeert de vettige zalf een hele tijd in. Daarna pakt ze een tube met gekleurde dagcrème en probeert daarmee de rode vlek te camoufleren. Dan gaat ze snel naar het voorzoldertje. In de hoek staat de wasmachine met de droger erop. Rechts van de apparaten staat de strijkplank uitgeklapt. Brenda ruimt de droger uit en begint de was op te vouwen. Ze is er nog niet mee klaar als ze eerst Anna en bijna op hetzelfde moment Jéjé wakker hoort worden.

'Mama, uit bed!' krijst Jéjé.

Anna is zelf uit bed geklommen. Ze hobbelt over de gang. Brenda gaat naar hen toe. De was is zo goed als klaar en als zij de kleintjes naar beneden brengt, doet ze misschien iets goeds in Sophies ogen. 'We komen eraan!' roept ze. Ze tilt Jéjé op en neemt Anna aan haar handje mee naar de woonkamer. Er staan twee flesjes vruchtensap voor hen klaar. Ernaast staat een glas cola.

'Is dat voor mij?' vraagt ze voor de zekerheid. Het gebeurt niet vaak dat Sophie iets voor haar inschenkt.

'Ja,' zegt Sophie kortaf.

Brenda gaat in de draaistoel zitten. Ze drinkt snel een paar slokken. Op zolder was het snikheet. De deurbel rinkelt.

'Wie is dat nou weer?' vraagt Sophie. 'Brenda, kijk jij even? Als het een of andere collectant is, stuur je hem maar weg.'

Brenda zet haar glas neer en loopt naar de voordeur. 'Heb je geen sleutels bij je?' vraagt ze als ze Larry ziet staan.

Hij kijkt haar raadselachtig aan. 'Ik kan er niet bij,' antwoordt hij.

Brenda kijkt verbaasd naar Larry en haar ogen worden groot als ze in zijn handen iets roods en pluizigs ziet bewegen. 'Wat is dat?' wil ze weten.

Met zijn ene hand trekt Larry zijn schooltas van zijn schouder, met zijn andere hand drukt hij voorzichtig de kleine pluizenbol tegen zijn lijf. 'Gevonden,' zegt hij. 'Of eigenlijk, gered!'

'Het is een poesje!' roept Brenda. 'Oh, Larry, wat lief. Hoe kom je eraan?'

'Laten we naar binnen gaan. Ik ben benieuwd wat je moeder ervan vindt.'

Brenda sleept Larry's schooltas achter zich aan. Ja, wat zal mam zeggen? denkt ze.

'Larry, Larry!' Jéjé rent op zijn grote halfbroer af als hij hem de kamer binnen ziet komen.

'Zachtjes, Jéjé. Ga op de bank zitten, dan zal ik je wat laten zien. Hoi, Sophie,' roept hij naar zijn stiefmoeder. Brenda staat achter de bank. Ze is heel nieuwsgierig. Ineens klinkt er een klagelijk, zacht gemiauw.

'Wat heb jij nou?' wil Sophie weten.

'Mauw mauw,' zegt Jéjé.

Anna gooit bijna haar flesje omver en gaat voor Larry staan. 'Is dat een poes?' vraagt ze. 'Ik wil die.' Ze grijpt met haar handjes naar Larry. Het kleine katje in Larry's armen schrikt van alle herrie. Het zet zijn nagels stevig in Larry's trui en klimt in zijn nek.

'Larry?' zegt Sophie vragend.

'Ja, sorry, Sophie. Wat had jij gedaan als je had gezien hoe een paar rotjochies dit kleintje aan zijn staart door de lucht aan het zwiepen waren?'

'Dat meen je niet!' Sophie staat in drie stappen naast Larry. 'Ach gut, kijk wat een schatje. Ach, hij is bang. Hij trilt helemaal.' Met een tederheid die Brenda niet van haar moeder kent, neemt ze het beestje in haar handen. Ze buigt haar hoofd en drukt haar neus in zijn vacht. 'Wat is hij klein! Brenda, pak eens een schoteltje melk. Hij moet wat drinken.' Ze tilt haar hoofd even op. 'Stelletje schoften. Hoe kun je nou zoiets doen? Is hij gewond, Larry?'

'Nou,' antwoordt Larry, 'nadat ik die jongens een trap onder hun kont had gegeven, heb ik het beestje even goed bekeken.

En... het is een zij! Met haar lijfje is volgens mij alles in orde. Alleen haar staart hangt er een beetje vreemd bij. Wat denk je, zal ik straks even naar de dierenarts gaan?'

'Geef haar eerst maar wat melk, en we moeten ervoor zorgen dat ze warm wordt. Kijk hoe ze bibbert.'

'Mauw mauw,' roept Jéjé weer.

'Ja, schat,' zegt Sophie. 'Larry heeft een mauw-mauw gevonden.'

'Heet die poes Mauw-Mauw?' vraagt Anna.

Sophie aait het beestje over haar rug. 'Ja,' zegt ze beslist. 'Als de eigenaar zo slecht op zijn dieren let, blijft ze bij ons. En ik vind Mauw-Mauw een mooie naam.'

5

'Wie gaat er nog even mee naar het winkelcentrum?' vraagt Maud. Ze trekt haar truitje recht en kijkt vrolijk naar het groepje meiden uit haar klas. 'Ik wil oorbellen kopen en misschien nog een leuk topje, want ik ga dit weekend naar een supergaaf feest.'

'Kind, je barst van de kleren en sieraden,' zegt Eveline. Ze kijkt naar het truitje van haar vriendin. 'En dat ding heb je toch pas nieuw?'

'Nou en?! Ik ben dol op kleding en blingbling,' antwoordt Maud.

'Je kast puilt aan alle kanten uit,' zegt Eveline.

'Alsof jij dat erg vindt. Je wilt altijd van alles van mij lenen. Kom, wie gaat er mee?'

'Wat zullen we doen?' vraagt Brenda aan Tamar.

Tamar rekt zich uit en geeuwt hartgrondig. 'Even wat afleiding na dat suffe Engels. Ik begrijp niet waarom we de hele les uit een dom boek moeten lezen. Als Kramer wil dat we lezen, kies ik liever zelf iets uit.'

'Ik heb de dvd een keer gezien. Die was best leuk,' zegt Brenda.

'Ik schrijf wel een verslag en mail het naar je. Met een beetje knippen en plakken haal je zo een voldoende.'

'Fijn.'

'We gaan mee,' zegt Brenda tegen Maud.

'En jullie?' vraagt Maud aan de drieling. Odillia, Octavia en Olivia kijken elkaar aan.

'Ik heb eigenlijk niet zo veel zin,' zegt Octavia. 'Ik bedoel, dan zul je net zien dat ik allemaal leuke dingen tegenkom, maar ik ben zwaar blut.'

'Je staat ook nog bij mij in het krijt,' zegt Odillia.

'Ja, hallo, dat hoeft niet iedereen te weten, hoor!'

Odillia lacht. 'Gelukkig komt de kinderbijslag er bijna aan.'

Olivia wil ook niet mee. 'Het is mijn beurt om de hond uit te laten,' zegt ze. 'Het beest zit vast al te wachten.' Ron komt naar hen toe lopen. 'Laten we gaan,' zegt ze gauw. 'Tot morgen en niet te veel geld uitgeven.'

De drieling pakt hun fiets uit de stalling. Maud en Eveline zijn met de bus naar school gekomen.

'Zullen we onze fietsen hier laten staan?' vraagt Tamar. 'De fietsenstalling blijft tot halfvijf open en ik denk dat ze hier veiliger staan dan bij het winkelcentrum.'

Brenda knikt. 'Ik heb een strippenkaart bij me.'

'Ik ook.'

'We moeten opschieten,' zegt Eveline. 'De bus komt zo.'

Het is druk in het winkelcentrum. 'Waar gaan we eerst naartoe?' vraagt Maud. 'Ik heb hartstikke trek.'

'Zullen we naar de Mac gaan?' stelt Brenda voor. 'Ik heb wel zin in een milkshake.'

Als ze wat besteld hebben, zoeken ze een plekje waar ze met zijn vieren kunnen zitten. Maud heeft een Big Mac genomen. Ze neemt een grote hap van haar broodje. 'Lekker, ik wou dat ze zoiets bij ons op school verkochten. Volgens mij verkoopt dat als een trein.'

Brenda slurpt langzaam door het rietje, af en toe stopt ze een frietje in haar mond. 'Wil je er ook een paar?' vraagt ze aan Tamar, die een kipburger heeft genomen.

Tamar schudt haar hoofd. 'Er zit geen mayonaise bij,' zegt ze. 'En ik vind patat met milkshake niet lekker.'

Het wordt drukker in het restaurant. Een groepje jongens gaat in de buurt van Brenda, Tamar, Maud en Eveline zitten. Een van hen fluit naar de meisjes en roept tegen zijn vrienden: 'Hé, jongens, hier zitten we goed. Kijk eens wat een uitzicht!'

'Hoor hem,' zegt Maud.

Eveline draait zich om. 'Is het iets voor jou?' vraagt ze.

'Hij ziet er wel goed uit,' antwoordt Maud.

'Ik vind die met het leren petje veel leuker,' zegt Tamar.

Brenda staart openlijk naar de jongens. 'Doe mij dan maar die met die blonde krullen. Nu jij nog Eveline.'

Ze lachen.

'Oké, even kijken. Ik val op groot en gespierd, donker haar en blauwe ogen. Wat een pech, die zit er niet bij,' zegt Eveline zuchtend.

Een medewerker van het restaurant loopt naar de jongens toe. Hij zegt: 'Of bestellen, of wegwezen.'

'We zijn nog aan het nadenken,' zegt de jongen met het petje.

'Geloof je het zelf?' De medewerker trekt een stoel naar achteren. 'Kom op, boys, fijn naar buiten. Jullie kennen de regels.'

'Daar gaat onze kans,' zegt Maud als de jongens luidruchtig de zaak uit lopen.

'Dag, mooie meisjes,' roept de fluiter. Tamar zwaait hem na.

Maud rommelt in haar tas. Ze haalt een pakje sigaretten tevoorschijn.

'Je mag hier niet roken,' zegt Brenda. 'Kijk, daar hangt het bordje.'

'Je mag tegenwoordig haast nergens meer roken.' Maud kijkt boos. 'Wij rokers worden gediscrimineerd.' Ze staat op en kijkt om zich heen. Achter in het restaurant is een kleine rokersruimte. 'Dan ga ik daar wel zitten.'

'Waarom stop je niet?' wil Tamar weten.

'Omdat ik op dit moment onder zware stress sta. School, mijn ouders, jongens. Heb ik trouwens verteld dat er zaterdag een heel interessante neef van een vriend van mij komt? En, hij is nog vrijgezel.'

'Oh gaaf,' zegt Eveline. 'Mag ik mee?'

'Nee.'

'Ah, toe?'

'Nee, je hoort maandag wel hoe het gegaan is.'

'Moet je nu nog roken of gaan we naar de winkels?' vraagt Brenda.

Maud aarzelt en stopt het pakje sigaretten terug in haar tas. 'Laten we maar gaan. Misschien komen we die jongens nog tegen.'

Ze lopen met zijn vieren door het winkelcentrum. De jongens zijn nergens te bekennen. Ten slotte gaan ze een groot warenhuis binnen.

'Ik hoef alleen maar bij de sieraden te kijken, hoor,' zegt Maud. Tamar, Brenda en Eveline vinden het best. Brenda en Tamar lopen naar een rek met oorbellen.

'Deze zijn mooi,' zegt Tamar. 'Echt iets voor jou, Bren.' Ze houdt een paar lange zilveren oorbellen, afgezet met kleine blauwe steentjes, op.

'Ja, maar heb je naar de prijs gekeken?' vraagt Brenda.

Tamar hangt de oorbellen terug. Ze kijken nog wat bij de tijdschriften rond. Maud heeft eindelijk een keus gemaakt en gaat afrekenen.

'En nu?' vraagt ze als ze haar portemonnee wegstopt.

Tamar kijkt op haar horloge. 'Het is vier uur geweest,' zegt ze. 'Bren en ik moeten onze fietsen nog ophalen.'

'Dan gaan we,' zegt Eveline.

Ze lopen achter elkaar de winkel uit. Net als ze de beveiligingspoortjes gepasseerd zijn, worden ze tegengehouden door een man in uniform.

'Dames?' vraagt hij. 'Willen jullie even met mij meelopen?'

6

Brenda blijft domweg staan. Eveline mompelt: 'Nee, dat wil ik niet.' Tamar draait zich om en vraagt: 'Wat is er aan de hand?'

'Jullie mogen even mee naar het kantoor.' Terwijl hij dit zegt, legt de man van de beveiligingsdienst zijn hand op Mauds arm.

'Hé, blijf van me af. Je hebt het recht niet om mij aan te raken!' roept Maud. Ze probeert zijn hand weg te duwen.

'Kalm, meisje. Maak het niet moeilijker dan het al is,' zegt de man.

'Wie doet hier moeilijk? Ik niet.' Maud rukt zich los.

Vanuit een andere hoek komen twee collega's naar hen toe gelopen. De beveiligingsmedewerker seint met zijn ogen naar de meisjes. Een van zijn collega's is een vrouw. Ze gaat recht voor Maud staan.

'Raak me niet aan,' waarschuwt Maud. 'Ik meen het. Je mag niet zomaar aan me zitten.'

'Als je van plan bent om ervandoor te gaan wel.'

Eveline begint zenuwachtig te lachen. Brenda kijkt naar Tamar. Tamar haalt haar schouders op.

'Goed, dames, jullie hebben het gehoord. We willen even met jullie praten,' zegt de vrouw.

'Nee! Als ik niet wil, hoef ik niet met jullie mee. Je kunt me niet dwingen.' Maud blijft protesteren.

'Luister, jullie lopen nu rustig mee of we bellen direct de politie.' De vrouwelijke beveiligingsmedewerker heeft er genoeg van. Een stel mensen blijft op een afstandje nieuwsgierig staan kijken.

Eveline krijgt een rood hoofd. 'Kom op, Maud, we staan voor gek,' fluistert ze.

De vrouw neemt Eveline mee terug de winkel in. Haar collega's lopen achter de andere meisjes. Brenda heeft het gevoel dat ze door iedereen wordt nagestaard. Ze schaamt zich rot.

Achter in de zaak is een deur en daarachter ligt een gang die ze helemaal uit lopen. In het kantoor zit een man, ook in uniform, achter een aantal monitors.

'Alweer bingo,' zegt hij.

'Ja,' zegt de vrouw zuchtend.

'Goed.' De man achter de monitors staat op. 'Ik wil graag even de inhoud van jullie tassen controleren,' zegt hij.

'Pardon?' Tamar probeert rustig te blijven. 'Denkt u soms dat we iets gestolen hebben?'

'Kijk eens om je heen. Met deze monitors houden wij het winkelend publiek in de gaten. Er zijn helaas nog steeds mensen die dingen uit onze winkel meenemen zonder te betalen.'

'Ik heb niets gestolen.' Tamar pakt haar tas en zet hem op een tafel die midden in het kantoor staat. 'Ik snap het niet, hoor. Er ging niet eens een alarm af toen we naar buiten liepen.'

De man wrijft over zijn kin. 'Daar weten sommige mensen trucjes voor.'

Eveline zet met een bons haar tas naast die van Tamar. 'Moet ik hem zelf leegmaken of doen jullie dat?' wil ze weten. 'Doe het dan gelijk, want ik wil naar huis.'

'Wat je zelf wilt,' antwoordt de vrouw.

Eveline kiepert haar tas leeg. Haar schoolboeken en schriften glijden op de tafel. Ook een leeg broodtrommeltje, een etui en haar mobieltje. De vrouw pakt de boeken bij de kaften beet en kijkt of er iets tussen zit. Een van de mannen controleert Tamars tas. Dan zijn Maud en Brenda aan de beurt.

'Mag ik in jouw tas kijken?' vraagt de vrouw aan Maud.

'Leef je uit,' sist Maud.

De vrouw haalt alles uit Mauds tas. 'Wat hebben we hier?' vraagt ze. Ze houdt een ketting en drie paar oorbellen op.

'Die heeft ze betaald, hoor!' roept Eveline. 'Wij waren erbij toen ze bij de kassa stond.'

'Ja,' zegt Tamar. 'Maud, pak je kassabon. Ik heb gezien dat je die in je portemonnee hebt gestopt.'

'Laat maar zien,' zegt de vrouw.

Brenda ziet dat Mauds handen trillen als ze haar portemonnee openmaakt. Maud geeft de kassabon aan de vrouw.

'Er zijn maar twee artikelen gescand en in je tas zaten er vier. Heb je daar een verklaring voor?' vraagt de vrouw.

Brenda, Tamar en Eveline kijken elkaar verbluft aan. Maud geeft geen antwoord. Ze staart naar de beelden op de monitors.

'Nu jij nog,' zegt de man van het kantoor tegen Brenda.

Ze geeft haar tas af. Het is óp het gezoem van de monitors na doodstil op het kantoor. De man doet zijn werk vlug.

'Hier hebben we nummer twee,' zegt hij. Tussen zijn vingers houdt hij een stel oorbellen. De oorbellen die Tamar zo goed bij Brenda vond passen. Als hij ze tegen het licht houdt, beginnen de blauwe steentjes te schitteren.

'Heb jij hier een kassabon van?' vraagt hij.

Brenda voelt het bloed uit haar gezicht trekken. 'Die...' stamelt ze. 'Die zijn niet van mij.'

'Dat klopt. Als je er niet voor betaald hebt, zijn ze niet van jou.'

Brenda kijkt de man verbijsterd aan. Ze voelt haar knieën knikken. Tamar loopt naar haar toe.

'Bren?' vraagt ze.

'Nee. Ik heb die dingen niet gepikt!' roept Brenda.

'Luister,' zegt de man van het kantoor. Hij wijst naar Brenda en Maud. 'Jullie zijn aangehouden op verdenking van diefstal!'

7

Tamar en Eveline worden naar huis gestuurd. De deur valt
met een harde klap dicht. Brenda heeft nog net kunnen horen
dat Tamar zei: 'Ik bel je.'
Haar hart klopt in haar keel. Hoe kan dit?
De man van het kantoor pakt een telefoon. Brenda kan niet
verstaan wat hij zegt. De vrouwelijke beveiligingsmedewerker
duwt Maud in een stoel, vlak bij de deur.
'Waag het niet om ervandoor te gaan,' waarschuwt ze. 'En er
wordt niet met elkaar gesproken.' Ze loopt naar Brenda, die
nog steeds bij de tafel staat, en zegt: 'Jij gaat daar zitten.' Ze
wijst naar het raam, waar een metalen kruk staat. 'Denk erom,
mond dicht. Wanneer komen ze?' vraagt ze aan haar collega
als ze ziet dat hij de telefoon heeft neergelegd.
'Het kan even duren. Ze zijn nu bij de sportzaak. Iemand had
Nikes nodig.'
De vrouw lacht spottend. 'Ach ja, dan ga je ze toch gewoon
halen.'
Ze gaat aan het midden van de tafel zitten en vraagt: 'Is er nog
koffie?'
'Ik zal even verse halen. Lukt het alleen?' vraagt haar collega.
'Natuurlijk.'
Brenda draait zich om naar Maud. Maud zit met haar hoofd

omlaag naar de grond te turen. Ze kijkt niet één keer op. Brenda slikt een paar keer. Ze heeft een droge mond. Ze snakt naar iets te drinken. Al was het maar water.

Ik heb het echt niet gedaan, denkt ze. Iemand heeft me erin geluisd. Tamar niet. Nee, dat zou ze nooit doen. Bij Eveline hebben ze niets gevonden, dus moet het Maud zijn.

De vrouw haalt iets uit een bureaula. Brenda ziet dat het formulieren zijn. Een paar minuten later komt de man terug met een kan in zijn hand. Hij schenkt voor de vrouw en zichzelf een beker koffie in.

'Lekker,' zegt de vrouw.

Brenda's ogen dwalen door het kantoor. Ze schrikt. Boven de beeldschermen hangt een klok. Het is al halfvijf. Oh nee, denkt ze. 'Meneer, mevrouw,' stottert ze, 'mag ik alstublieft naar huis bellen? Mijn moeder weet niet waar ik blijf.'

'Dat is jouw probleem.' De man heeft duidelijk geen medelijden met winkeldieven.

'Maar dan wordt ze kwaad!'

'Daar kan ik niets aan doen. Vraag maar of je op het bureau mag bellen.'

'Bedoelt u dat we naar het politiebureau worden gebracht?' vraagt Brenda bang.

'Nee, naar de kermis, nou goed?'

Brenda voelt zich misselijk worden. Ze gluurt naar Maud. Kijk dan toch, denkt ze. Ze blijft hardnekkig naar Maud staren, in de hoop dat die een keer opkijkt. Maar Maud heeft zich helemaal afgesloten, lijkt het wel. Onbeweeglijk zit ze op haar stoel.

'Neem jij haar? Dan neem ik deze dame,' zegt de vrouw.

'Dat is goed, wij gaan naar hiernaast.' De man staat op. 'Kom mee,' zegt hij tegen Maud. Maud protesteert dit keer niet.

De vrouw gaat met het formulier tegenover Brenda zitten. 'Dit is een proces-verbaal,' legt ze uit. 'Wij vullen vast de nodige gegevens in voor de politie.'

'Maar, mevrouw, ik heb niets gestolen. Echt niet!' Brenda probeert de vrouw te overtuigen. 'Ben ik gefilmd of zoiets? Hebben jullie gezien dat ik iets in mijn tas heb gestopt?'

'Het spijt me, maar de bewijzen zijn tegen jou. Ik heb niet gezien dat de oorbellen je tas in gingen, maar ik heb wel gezien dat ze eruit werden gehaald. En je hebt geen kassabon.' De vrouw kijkt Brenda recht aan. 'Heb je al eerder iets weggenomen?'

'Nee. Nooit!'

'Waarom dan nu wel? Sommigen doen het voor de kick. Dat weet ik. Maar er zijn ook jongelui die gedwongen worden om iets te stelen. Heeft je vriendin gezegd dat je de oorbellen moest meenemen?'

Brenda schudt vol ongeloof haar hoofd. 'Nee, niemand heeft iets tegen mij gezegd en ik heb niets gestolen.'

'Tja.' De vrouw schrijft iets op het formulier. 'We laten je toch niet gaan. Op het bureau zullen ze het wel verder uitzoeken.'

Na een tijdje komt de man met Maud terug. 'Ze wil niets zeggen,' vertelt hij. 'Volgens mij is dit een door de wol geverfde tante.'

Het is zes uur geweest als twee agenten in uniform het kantoor binnen komen. Ze kijken even vluchtig naar de meisjes. 'Het is druk vandaag,' zegt een van de agenten.

Ze overleggen met het personeel van het warenhuis en nemen

Brenda en Maud mee. Brenda is heel blij dat ze niet door de winkel naar buiten gaan. De agenten nemen de achteruitgang. Brenda en Maud moeten achter in de surveillancewagen gaan zitten.

Gelukkig hebben ze ons niet geboeid, denkt Brenda.

Maud weigert nog steeds Brenda aan te kijken.

Een van de agenten, een vrouw, kijkt even achterom. 'Is dit je eerste keer?' vraagt ze aan Maud.

Maud kijkt de agente met donkere ogen aan. 'Ik ben niet tot antwoorden verplicht,' zegt ze kattig.

'Aha, je kent je rechten. We zullen op het bureau eens in de computer kijken.'

Als ze op het bureau aankomen, worden Brenda en Maud gescheiden. Eerst worden ze één voor één voorgeleid bij de hulpofficier van justitie. Daarna wordt Brenda naar een klein, grauw kamertje zonder ramen gebracht. Alleen in de deur zit een klein ruitje. Het hokje is leeg, op een stalen bank na.

'Ik ga je nu eerst fouilleren,' zegt de agente tegen Brenda.

'Moet ik mijn kleren uitdoen?' vraagt Brenda geschrokken.

'Alleen je broek en je bloes. Ik moet kijken of je daar iets in hebt verstopt.'

'Ik heb niets gestolen,' zegt Brenda voor de zoveelste keer. Verlegen trekt ze haar spijkerbroek uit en geeft hem aan de agente. Langzaam knoopt ze haar bloesje los en voorzichtig laat ze die van haar rug glijden.

'Kind toch! Wat heb jij nou?' De agente slaat haar hand voor haar mond als Brenda zich omdraait. Haar rug zit onder de blauwe plekken.

'Ik ben gevallen,' fluistert Brenda.

8

De agente raakt heel voorzichtig Brenda's rug aan. Brenda trekt haar schouders samen.

'Doet het pijn?' vraagt de agente.

'Nee, nu niet meer,' zegt Brenda. Eergisteren kon Brenda het wel uitschreeuwen toen ze over Jéjés knuffelbeest struikelde en Sophie haar met haar schoenen aan een paar trappen gaf. Sophie was weer om niets kwaad geworden.

'Trek je bloes maar aan.' De agente pakt Brenda's broek en doorzoekt de zakken. Behalve een strippenkaart kan ze niets vinden.

'Ik ga naar je huis bellen om te zeggen dat je op het bureau zit. Als dat is gebeurd, kom ik je verhoren.'

'Mevrouw... of moet ik agent zeggen?' vraagt Brenda.

'Het is allebei goed. En mijn naam is Davids.'

'Agent Davids, ik heb zo'n dorst. Mag ik alstublieft wat drinken?'

De agente duwt de zware deur open. 'Als ik terugkom, neem ik wat voor je mee.'

'Dank u wel,' zegt Brenda. Ik stik echt van de dorst, denkt ze. En ik wil naar huis. Het kan me niet schelen wat mam zal zeggen, maar ik wil hier weg! Brenda laat zich op de koude bank zakken. Ze wrijft over haar slapen en denkt: jij hebt het gedaan, Maud. Jij hebt die oorbellen in mijn tas gestopt. Door jouw schuld zit ik hier! Ze begint te huilen. Mam wordt woest als ze hoort dat ik opgepakt ben. Ze laat haar hoofd in haar handen zakken.

Het lijkt uren te duren voordat agent Davids terugkomt. Af en toe hoort Brenda iemand langslopen en dan kijkt ze hoopvol op. Maar de voetstappen gaan telkens haar deur voorbij. De muren komen op haar af en ze moet zich inhouden om niet te gaan schreeuwen.

Waar blijft die agente nou? denkt ze paniekerig. Ik word gek in die cel.

Als agent Davids eindelijk terugkomt, geeft ze Brenda een plastic bekertje met water. 'Alsjeblieft, drink maar op,' zegt ze.

Brenda klokt het water naar binnen.

Er is een vrouw met agent Davids meegekomen. Zij heeft geen uniform aan.

'Brenda, dit is mevrouw Van Haucke. Zij werkt als maatschappelijk werkster bij de politie.'

De vrouw loopt naar Brenda en geeft haar een hand. 'Dag, ik ben Suzanne van Haucke. Je mag me bij mijn voornaam noemen, als je wilt. Oh, wat heb je koude handen,' zegt ze.

Brenda knikt.

'Voordat ik met het verhoor begin, wil ik vragen of mevrouw Van Haucke even naar je rug mag kijken,' zegt agent Davids.

'Waarom?' vraagt Brenda.

'Omdat ik me afvraag of je echt gevallen bent.'

'Gelooft u me niet?'

'Een tijdje geleden sprak ik met een meisje dat door haar

37

vriend in elkaar was geslagen omdat ze weigerde voor hem te stelen.'

'Ik heb niets gestolen!'

'Werk nou even mee.'

Brenda draait zich om. Ze houdt haar armen gekruist voor haar borst als ze haar bloes op de bank heeft gelegd. Ze kan de reactie van Suzanne van Haucke niet zien als die naar haar rug kijkt.

'Hoe is dit gebeurd?' vraagt Suzanne.

Brenda probeert snel iets te verzinnen. 'Ik zat bij een vriendin achter op de scooter. Ineens rende een klein kind de weg op. Mijn vriendin kon net op tijd uitwijken. We botsten tegen de stoeprand en ik viel tegen een paar fietsen die daar geparkeerd stonden.'

'Zo, dan zul je wel geschrokken zijn. Ben je naar je huisarts geweest?'

'Nee. Ik had niets gebroken en ik bloedde niet.' Brenda ontwijkt Suzanne van Hauckes ogen. Hou op, denkt ze. Ik kan de waarheid niet vertellen.

Suzanne van Haucke kijkt Brenda een poosje aan. 'Ik begrijp best dat je niet zomaar met een vreemde wilt praten.'

'Ik heb geen maatschappelijk werkster nodig. Ik heb niets gepikt en ik kan er niets aan doen dat ik van een scooter ben gevallen.'

'Weet je, Brenda, soms vinden jongeren het moeilijk om over hun problemen te praten, maar soms helpt het om dat juist wél te doen. Agent Davids maakt zich zorgen om jou en ze denkt dat ik je misschien kan helpen.'

Brenda schudt haar hoofd. 'Dank u wel, het is echt niet nodig.'

Suzanne van Haucke pakt haar tas en haalt er een kaartje uit. Ze geeft het aan Brenda. 'Hier staan mijn naam en telefoonnummer op. Als je van gedachten verandert, mag je me altijd bellen. Dag, Brenda.' Suzanne van Haucke loopt het voorlopig arrestantenverblijf uit.

'Het is een heel aardige vrouw,' zegt agent Davids.

Brenda haalt haar schouders op.

'We gaan nu in de verhoorkamer je verklaring opnemen. Ik heb je stiefvader al gebeld en hij komt je straks ophalen.'

'Wat heeft hij gezegd?'

'Hij wil graag weten wat er is gebeurd.'

Op de gang komen ze de agent tegen die Maud heeft meegenomen.

'Moet je nog beginnen?' vraagt hij aan zijn collega. 'Ik ben eruit. Dit wordt kinderrechterwerk.' Brenda begrijpt niet goed waar hij het over heeft. 'Maar jij zult wel vlot klaar zijn.' Hij buigt naar agent Davids en fluistert iets in haar oor.

'Kom, Brenda,' zegt agent Davids. Ze glimlacht. In de verhoorkamer staat een bureau met een computer erop. Brenda gaat op een bruine stoel zitten. 'Goed,' zegt agent Davids. 'Vertel me nu eens wat er precies is gebeurd.'

'Ik was met een paar vriendinnen in het warenhuis. We hebben wat rondgekeken en alleen Maud heeft iets gekocht. Toen we naar buiten liepen, werden we tegengehouden. Dat was alles.'

Agent Davids stelt nog een paar vragen. 'Ben je wel eens eerder in een winkel opgepakt?'

'Nee.'

'Weet je of je vriendin wel eens gestolen heeft?'

'Ze is geen echte vriendin van mij. Ze is een klasgenoot.'

'Weet je zeker dat je niet met mevrouw Van Haucke wilt praten?'

Brenda is even van haar stuk gebracht. Begint dat mens daar nou weer over? 'Ja,' antwoordt ze.

Agent Davids trekt het toetsenbord naar zich toe. 'Ik zal je geruststellen, Brenda. Jouw verhaal klopt. Maud heeft bekend dat zij de oorbellen in je tas heeft gestopt. Ik zal je verklaring uittypen en als je die ondertekend hebt, mag je naar huis.'

Brenda is woest op Maud. Vuile trut, denkt ze. Ik wil niks meer met je te maken hebben.

Als Brenda haar handtekening onder het proces-verbaal heeft gezet, brengt agent Davids haar naar de balie. Johan staat al te wachten. Larry is ook meegekomen. Agent Davids geeft Brenda een klopje op haar arm. 'Het beste en ik hoop dat ik je niet meer op het bureau terugzie.'

Buiten vraagt Larry aan Brenda: 'Hoe was het?'

'Afgrijselijk. Ze hebben mij onschuldig opgesloten en wilden me niet geloven. Ik heb een hele tijd alleen in een cel gezeten. Ik dacht dat ik gek werd.'

'Arme Brenda,' zegt Larry. 'Maar nu is het voorbij.' Johan start de motor van zijn auto. 'Hoe reageerde mijn moeder?' informeert Brenda voorzichtig.

'Ze was heel boos toen je niet op tijd thuis was. Maar ze schrok toen ze hoorde dat je op het politiebureau zat.' Johan kijkt even opzij. 'Heb je honger? Je moeder had geen puf om te koken. We gaan een pizza halen.'

9

Brenda loopt achter Johan en Larry aan naar binnen. Larry brengt de dozen met pizza naar de keuken.

'Wat duurde dat lang,' moppert Sophie. Ze staat in de woonkamer en kijkt boos.

'Dag, mam,' zegt Brenda zachtjes.

Sophie negeert haar en ploft als een hobbezak op de bank neer. 'Ik ben doodmoe.'

Johan gaat naar haar toe en geeft haar een zoen. 'Je dochter is geen crimineel, Sophie. Het was een misverstand. De agente heeft het uitgelegd.'

'Als ze direct naar huis was gekomen, was dit niet gebeurd.'

'Brenda is geen kleuter meer. Het is normaal dat ze uit school iets met haar vriendinnen wil doen. Larry kijkt ook niet altijd op zijn horloge.'

Sophie leunt met haar hoofd tegen de leuning. 'Ik heb vreselijk in de zenuwen gezeten,' zegt ze tegen Brenda.

'Het spijt me, mam. Ik heb nog gevraagd of ik naar huis mocht bellen, maar dat mocht niet.'

Sophie schudt met haar hoofd. 'Laten we maar gaan eten. De kleintjes hebben brood gehad en liggen op bed. Larry!' roept ze naar de keuken. 'Wil jij de pizza's op de borden doen?'

Van Brenda mag het avondeten overgeslagen worden. Ze heeft

geen honger. Het lijkt of er een grote bonk in haar maag zit. Langzaam kauwt ze op een stuk pizza hawaï. Nou, denkt ze. Het kan mam niks schelen wat ik meegemaakt heb. Ze denkt alleen aan zichzelf. Zíj is moe, zíj heeft in de zenuwen gezeten. Ik niet dan? Maar ja, de anderen zitten erbij. Dan durft mam niet tekeer te gaan.

Na het eten gaat ze zonder wat te zeggen naar boven. De hele dag heeft de zon op het dak geschenen. Op haar kamertje is het bijna niet uit te houden. Door het kleine raam komt maar weinig koele lucht binnen. Ze pakt haar mobieltje en belt Tamar. 'Met mij,' zegt ze als Tamar opneemt.

'Brenda!' roept Tamar. 'Ben je weer thuis? Hoe is het? Wat hebben ze gedaan? En waar is Maud?'

Brenda slikt. 'Ja, ik ben weer thuis. Johan en Larry hebben mij van het bureau opgehaald. Ik ben kapot. Die bewakers en later een agente wilden maar niet geloven dat ik niks gepikt heb. Maud heeft de oorbellen gestolen en die in mijn tas gestopt.'

'Wat een rotgriet! Wat zei ze?'

'We mochten niet met elkaar praten.'

'Dan vraag je morgen op school waarom ze het gedaan heeft.'

'Ze zal het echt moeten uitleggen. Oh nee hè, mijn fiets staat nog in de stalling.'

'Zal ik je ophalen? Dan mag je bij mij achterop.'

Brenda twijfelt. Ze wil liever niet dat Tamar bij haar thuiskomt. Maar morgen moeten ze vroeg beginnen. De kans is groot dat Sophie dan nog slaapt.

'Heel graag,' zegt ze. 'Je bent mijn liefste vriendin. Tot morgen.'

'Tot morgen, Bren, en laat Maud het heen-en-weer krijgen.'

Brenda legt haar mobieltje weg. Wat is het toch warm in dit kamertje. Ze wordt bijna beroerd van de hitte. Zweetdruppeltjes blinken op haar voorhoofd. Ik heb een douche nodig, denkt ze. In de badkamer trekt ze haar kleren uit. Als ze uit haar broek stapt, glijdt het kaartje van Suzanne van Haucke uit haar kontzak. Het valt op de vloer. Ze raapt het op en denkt: ik moet het goed verstoppen.

Van het lauwe water knapt ze een beetje op. Een paar minuten lang laat ze de straal over haar hoofd stromen. Ik wou dat pap Alice nooit ontmoet had, denkt ze voor de zoveelste keer. Alles is veranderd. Ik ben pap en mijn mooie kamer kwijt. En het ergste is dat mam zo rot tegen mij doet. Waarom slaat ze me? En waarom alleen mij? Ik heb haar Anna of Jéjé nog nooit een tik zien geven. Wat doe ik dan verkeerd? Ze moet met haar handen van me afblijven! Ik wil niet meer liegen en smoezen verzinnen.

Ze houdt haar gezicht onder de sproeier. Als ze zo door blijft gaan, zeg ik dat ik het pap ga vertellen.

Na het douchen gaat ze in haar slipje op bed liggen. Ze legt haar handen achter haar nek en staart voor zich uit. Ze hoort de deur niet opengaan en schrikt zich rot van Larry's stem. 'Brenda?'

Ze vliegt overeind en stoot haar hoofd tegen het schuine dak. 'Au!' roept ze. Snel trekt ze haar laken over zich heen. 'Wat kom je doen? Ga weg. Ik ben niet aangekleed!'

Larry ziet een shirtje op de grond liggen. Hij gooit het naar Brenda.

'Draai je om,' zegt ze.

'Ik zal niet kijken.' Larry gaat bij het raampje staan.

Brenda trekt vlug het shirtje aan. 'Wat is er?' vraagt ze.

'Ik wilde weten hoe het met je is.'

'Met mij gaat het prima.'

'Ik geloof er niets van.'

'Waarom niet?'

'Ik ben niet gek.'

'Ik ook niet.'

'Kom op, Bren, je hebt iets rots meegemaakt en je moeder doet alsof er niets aan de hand is.'

'Daar kan ik niets aan doen.'

Het is even stil.

Larry loopt naar Brenda's bed. Hij staart naar haar strakke shirtje en kijkt iets te lang naar haar borsten. 'Eigenlijk ben je best knap.'

'Wat zeg je?'

'Nou, gewoon, je ziet er goed uit.'

'Doe normaal.'

'Zullen we een keer uitgaan, samen met mijn vrienden?'

'Ik denk niet dat mijn moeder dat goedvindt.'

'Je kunt het toch vragen?'

Brenda doet even haar ogen dicht. 'Ik kijk wel, oké? Maar nu moet ik nog wat huiswerk maken, anders krijg ik morgen problemen op school.' En die kan ik er niet bij hebben, denkt ze.

10

Brenda zit schrijlings bij Tamar achter op de fiets. Ze heeft haar eigen tas aan haar rechterschouder en die van Tamar aan haar linkerschouder hangen. Haar benen houdt ze opgetrokken langs het achterwiel.

'Dit zit voor geen meter,' roept ze lachend. 'Au, mijn arme buikspieren.'

'Hou vol, dat doe ik ook,' zegt Tamar. Ze hijgt als een oud paard. 'Je hebt trouwens wel een heel leuke stiefbroer.'

'Vind je?'

'Hoe oud is hij?'

'Zeventien.'

'Heeft hij een vriendin?'

'Niet dat ik weet.'

'Vraag het eens aan hem.'

'Ja dag, dat doe je zelf maar.'

'Dat is goed, en mag ik dan eindelijk je kamer een keer zien? Je hebt me nog steeds niet gevraagd.'

'Wat jij "kamer" noemt, is alleen een gedeelte van de zolder. Er is niet eens plek voor een bureau.'

'Dan ben je er flink op achteruitgegaan.'

'Zeg dat wel.'

'Heeft Larry een mooie kamer?'

'Waarom vraag je zoveel?'

'Omdat ik hem léú-éú-éúk vind,' zegt Tamar met een overdreven lange uithaal.

'Dat is snel. Je hebt hem net drie minuten gezien. Hij vroeg gisteravond trouwens of ik een keer met hem uit wil. Wel met zijn vrienden erbij, hoor.'

'Doen! En mag ik dan mee?'

'Dan moet ik eerst mijn moeder zo gek zien te krijgen dat ik mag stappen. Van mijn vader mag dat pas als ik zestien ben. Ik weet niet of zij dat weet.'

Het verkeerslicht springt op rood. Tamar remt en Brenda gaat met gespreide benen staan.

'Oef!' zegt ze. 'Zullen we even ruilen?'

'We zijn er bijna. Ik ben benieuwd of Maud op school is.'

'Misschien hebben ze haar op het bureau vastgehouden. Ik hoorde een agent zeggen dat het kinderrechterwerk gaat worden. Ik heb er nog over nagedacht. Volgens mij moet ze voorkomen.'

'Dan wordt ze vast veroordeeld.'

'Als ze geluk heeft, komt ze er met een taakstraf van bureau Halt van af. Ik bedoel, je kunt beter bushokjes schoonmaken of parkjes wieden dan een geldboete betalen.'

'Ik heb wel eens gehoord dat ze je ook olifantenpoep in de dierentuin laten opruimen.'

Brenda haalt haar neus op. 'Gatver!'

'Die mest verkopen ze aan tuinliefhebbers.'

'Dan zou ik mijn tuin vol met tegels gooien.'

'Bren, het licht is groen. Ga zitten.'

Brenda kreunt. 'Ook dit is Mauds schuld. Ik had op tijd mijn fiets kunnen halen als zij niet had lopen jatten. Zeg, Ta, ben je eigenlijk strafbaar als je iemand erin luist?'

'Ik zou het niet weten. Ga je wraak nemen?'

'Heb jij een goed idee?'

Tamar schudt haar hoofd. 'Ik heb het nog nooit meegemaakt. Ik vraag me af waarom ze het gedaan heeft.'

'Een schreeuw om aandacht? Ik noem maar wat geks.'

'Het zou kunnen.'

Als ze bij school aankomen, rent Eveline hun tegemoet.

'Weet je iets over Maud?' vraagt ze aan Brenda. 'Ik heb al tig keer naar haar mobiel gebeld, maar ze neemt niet op.'

'Op het politiebureau mag je geen mobiel bij je hebben,' zegt Brenda. 'Ze pakken alles af, op je kleren na.'

Evelines ogen worden groot. 'Zijn jullie naar het politiebureau gebracht? Dat doen ze toch niet als je voor de eerste keer opgepakt wordt?'

'Ik vraag me af of Maud voor de eerste keer opgepakt is.' Brenda geeft Tamar haar tas terug.

'Heb je nog met haar gepraat?' wil Eveline weten.

'Nee, ook dat mag niet als je aangehouden bent. Je mag helemaal niks. En voor de duidelijkheid: ik ben echt gearresteerd, Eveline. Alleen omdat Maud, ik heb geen idee waarom, die oorbellen in mijn tas heeft gestopt. Je wilt niet weten hoe het is om in je uppie in een kale cel te zitten,' zegt Brenda boos.

'Jij bent in ieder geval weer vrij. Maud zit misschien nog vast.'

'Dat is haar eigen schuld. Sorry, Eveline, ik heb geen medelijden met haar. Als je zo stoer bent om te jatten, dan moet je ook aan de gevolgen denken.'

'Nu klink je als een oude schoolmuts!' Evelines gezicht loopt rood aan. 'En als we niet tegengehouden waren? Dan had jij een paar mooie oorbellen voor niks.'

'Denk je dat ik die ooit zou dragen?' Brenda wordt nu echt kwaad. Ze steekt haar arm uit om Eveline vast te pakken.

'Bren, hou je kalm,' hoort ze Tamar zeggen. 'Laten we naar binnen gaan.'

'Ik ben kalm. Ik ben zo kalm als wat. Maar Eveline moet geen domme dingen zeggen!'

Tamar gaat voor haar staan. 'Probeer het te vergeten. Jij weet dat je niets verkeerds gedaan hebt. En jou kennende ga je ook niets verkeerds doen. Toch?'

II

Het is pas halfvier. Buiten ziet de lucht zwart. Een onweersbui is losgebarsten.

Brenda komt thuis. Ze is doorweekt. Het witte truitje dat ze vanochtend aangetrokken heeft, is zo nat dat het doorschijnt. Haar haren plakken tegen haar gezicht. Op de plek waar ze staat, ligt een plasje water. Ze gooit haar schooltas onder de kapstok. 'Mam! Wil je een handdoek voor me pakken?' roept ze naar de woonkamer. Ondertussen trekt ze haar slippers uit. Een lichtflits verlicht de hal, en bijna direct erachteraan knalt een donderslag door de lucht. De regen klettert tegen de voordeur. Brenda is blij dat het weer eindelijk is omgeslagen. De afgelopen dagen was het afzien in haar smoorhete kamertje.

'Mam!' roept ze nog een keer. Er komt geen antwoord. Dan niet, denkt Brenda. Ze gaat naar boven om haar natte kleren uit te trekken. Een spoor van regendruppels blijft op de houten trap liggen. In de douche kleedt ze zich uit. Haar natte kleren legt ze in de wasbak. Even afspoelen, denkt ze. Van regen krijgt ze altijd jeuk op haar hoofd. Terwijl het water over haar haren stroomt, bedenkt ze dat ze nog aan Sophie moet vragen of ze zaterdag naar Tamar mag. Tamar heeft een nieuwe dvd en ze heeft Brenda en de O'tjes uitgenodigd om te komen kijken. Lekker lang zwijmelen voor de tv en ondertussen wat eten en drinken. Ik heb nog een paar euro, denkt Brenda. Als we de friteuse mogen gebruiken, koop ik bitterballen. Ze draait de kraan dicht. Ineens hoort ze een hoop herrie op de trap. De deur zwaait open.

'Brenda!' roept Sophie. Ze rukt het douchegordijn opzij. 'Kom uit de douche!'

Brenda's hand glijdt van de kraan af. 'Wat is er, mam?' vraagt ze verbaasd. Ze is nog geen vijf minuten thuis. Wat heeft ze nu weer verkeerd gedaan? Snel grijpt ze naar de handdoek die ze had klaargelegd, maar Sophie duwt haar hand weg.

'Ik heb de hele dag lopen werken,' roept ze boos. 'Alles was schoon. Nu kan ik weer opnieuw beginnen!'

'Wat bedoel je?' Brenda heeft geen idee waar Sophie het over heeft.

'Heb je de hal en de trap gezien?'

Brenda fronst haar wenkbrauwen. 'Ik was zeiknat van de regen. Ik riep nog of je een handdoek wilde brengen.'

'Het zal wel!'

'Dan geloof je me maar niet,' zegt Brenda verontwaardigd. 'Waarom maak jij je zo druk om een paar regendruppels? Ik ruim het zo wel op.'

'Hou je brutale mond!' Sophie grijpt naar de houten badborstel die aan een haakje naast de kraan hangt en rukt hem eraf. Water spettert op haar broek, maar dat merkt ze niet. 'Ik heb er genoeg van om huissloof te zijn!' schreeuwt ze. De borstel zwaait door de lucht.

Brenda is bang. Dit is menens, denkt ze. 'Mam, niet doen,' smeekt ze. 'Je hebt het beloofd.' Ze probeert weg te kruipen.

'Blijf hier!' Sophie rukt aan haar arm. Brenda glijdt bijna uit. Haar voeten glibberen over de vloer. 'Nee, mam, je mag me niet slaan,' zegt ze hees.

Sophie luistert niet. 'Ik ben het zat, ik ben het zat,' zegt ze een paar keer achter elkaar.

Brenda slaat haar armen beschermend om haar hoofd. Vanuit de woonkamer klinkt het geluid van de televisie. Om hulp roepen heeft geen zin. Anna en Jéjé kunnen haar toch niet horen. En wil ze dat haar zusje en broertje dit meemaken?

De eerste klap komt kletsend tussen haar schouderbladen terecht. Brenda krimpt in elkaar. 'Au, je doet me pijn, mam! Ben je gek geworden?' zegt ze huilend terwijl ze een volgende klap probeert te ontwijken. Sophie blijft haar slaan. Op haar rug, op haar bovenarmen, zelfs op haar billen. Plotseling smijt ze de borstel op de grond. Ze loopt een paar passen achteruit en houdt haar hoofd schuin. Brenda ziet een paar tranen in haar ogen glinsteren. 'Ik ben zo moe,' zegt Sophie. Ze pakt haar hoofd vast. Dan kijkt ze naar Brenda. Ze ziet de plekken waar ze haar geraakt heeft.

'Dit moet onder ons blijven. Ik wil niet dat je er met anderen over praat, anders komen er problemen.'

Brenda's hele lijf doet pijn. Met trillende handen pakt ze haar handdoek en slaat hem om zich heen.

'Ik zal je voor school ziek melden,' zegt Sophie.

'Wat zeg je dan?' vraagt Brenda met gesmoorde stem. 'En wat zeg je tegen Johan en Larry?'

Sophie denkt na. 'Je bent in de douche uitgegleden. Ja, dat is er gebeurd.' Ze loopt met gebogen hoofd weg.

Brenda staart in de spiegel. Haar ogen zijn rood van het huilen. Mijn moeder is gek geworden, denkt ze. Moeizaam strompelt ze de trap op. Voorzichtig laat ze zich op bed zakken en fluistert: 'Ik moet hier weg!'

12

Brenda blijft een paar dagen thuis. De meeste tijd brengt ze door op haar kamer. Sophie heeft naar school gebeld en haar ziek gemeld. Een zomergriepje, is het volgens Sophie. Tegen Johan en Larry heeft ze gezegd dat Brenda te veel badschuim heeft gebruikt en in de douche is uitgegleden. Brenda laat het maar zo. Wie weet wat ze overhoop haalt als ze vertelt wat er echt is gebeurd. Ze heeft naar haar vader gemaild om te vragen hoe het in Schotland gaat en wanneer ze mag komen logeren. Dat kan nog wel even duren, heeft haar vader teruggemaild. Alice en hij zijn nog niet op orde. Ik ook niet, heeft Brenda gedacht toen ze zijn antwoord las.

Sophie komt niet meer terug op wat er in de douche is gebeurd. Overdag negeert ze Brenda zoveel mogelijk. Brenda verveelt zich. Het werkstuk voor CKV is af. Ze heeft het doorgestuurd naar Tamar en bevestigd dat ze griep heeft. Zelfs aan haar beste vriendin durft ze niets over thuis te vertellen. Daar schaamt ze zich te veel voor. Welke vijftienjarige laat zich nog door haar moeder slaan?

De tube zalf is leeg. Ze heeft een half doosje paracetamol geslikt. Haar lijf doet geen pijn meer.

Het is zes uur. Tijd om naar beneden te gaan. Sophie wil op een vast tijdstip eten. Brenda staat van haar bed op. Ze heeft een tijdje liggen lezen in een spannend boek. Twee vriendinnen trekken aan de oostkant van Australië backpackend rond.

Dat zou ik ook wel eens willen, denkt Brenda. Een rugzak om, nieuwe dingen ontdekken en dan maar zien waar je 's avonds slaapt. Met tegenzin gaat ze naar beneden. Het kost steeds meer moeite om de schijn op te houden. Johan, Larry en de kleintjes zitten op hun plek. Sophie staat in de keuken. 'Wie komt er even een paar borden halen?' vraagt ze. Brenda loopt automatisch in de richting van de keuken.

'Ik doe het wel,' zegt Larry tegen haar. 'Hoe gaat het?'

'Goed, hoor.'

Sophie heeft aardappelpuree, worteltjes en vissticks gemaakt. Bah, denkt Brenda. Ze weet dat ik niet van vis hou.

Johan vertelt dat hij iets leuks heeft meegemaakt. Hij is hoofd van een afdeling van een groente- en fruitveiling. 'Vanochtend kwam Jansje, het meisje van de receptie, in paniek naar me toe. Ergens bij de eerste loods hoorde ze vreemde geluiden. Ze durfde niet te gaan kijken.'

'Jij wel, natuurlijk,' zegt Larry.

Johan lacht. 'Ik moest wel. Tenslotte ben ik de baas.'

'En, wat heb je ontdekt?' vraagt Sophie.

'Ik moest wel even zoeken. Voor in de loods stonden een paar lege bananendozen. En in een daarvan lagen een moederpoes en vier pasgeboren jonkies. Ik denk dat ze niet ouder waren dan vierentwintig uur. Ik heb geen idee waarom de poes dat plekje heeft uitgezocht.'

'Wat heb je toen gedaan?' vraagt Sophie.

'We hebben de dierenambulance gebeld. De poezen worden

opgevangen. Als je wilt, kunnen we er een kitten bij nemen. Dat is misschien leuk voor Mauw-Mauw.'

Sophie kijkt bedenkelijk. 'Nou, nee. Ik kom nu al om in het werk.'

'Dat is waar. Maar dit weekend kun je er je gemak van nemen als we naar je ouders gaan.'

Sophie laat een van haar zeldzame glimlachjes zien. 'Ik kijk ernaar uit. Mijn vader en moeder doen niets liever dan met de kleintjes spelen.'

Gaan we zaterdag naar oma en opa? denkt Brenda. Daar weet ik niets van.

Het lijkt of Sophie Brenda's gedachte raadt. 'We gaan met z'n vieren. Johan, de kleintjes en ik. Dat heb ik met oma en opa afgesproken.'

Ga maar! denkt Brenda. Dan heb ik een lekker rustig weekendje thuis.

'Zaterdag ga ik met mijn vrienden naar de Fantasy,' zegt Larry. 'Ga je mee, Brenda?'

'Oh nee.' Sophie gaat rechtop zitten. 'Ik wil niet dat Brenda naar zo'n tent gaat.'

'Het is geen tent. Het is een discotheek,' zegt Larry.

'Het gebeurt niet! Johan, zeg jij eens wat.'

'Larry gaat er vaker naartoe. Laat die meid lekker uitgaan. Dat heeft ze wel verdiend. De verhuizing is voor haar best moeilijk geweest. En Larry let heus wel op.'

Sophie schudt haar hoofd. 'Nee, Brenda is te jong. En ik vind dat ze nog niet helemaal beter is. Ik wil dat ze tot na het weekend binnen blijft. Maandag moet ze weer naar school, anders raakt ze achter.'

Brenda hoopt dat Johan haar moeder overhaalt, maar hij zegt niets meer.

Na het eten doet Brenda de afwas. Larry brengt nog een bord naar de keuken. Hij gooit de vissticks die Jéjé heeft laten liggen weg. 'Ging je toen je bij je vader woonde wel eens uit?' vraagt hij.

'Soms,' antwoordt Brenda. 'Tamar en ik mochten wel eens naar de bioscoop.'

'Ben je nog nooit in een discotheek geweest?'

'Nee. Dat vond mijn vader niet goed en je hebt net gehoord wat mijn moeder zei.'

'Zaterdag zijn jouw moeder en mijn vader niet thuis. En je pa kan je vanuit Schotland niet in de gaten houden.'

Brenda lacht verbitterd. '*Forget* it! Als mijn moeder erachter komt...' Ze droogt haar handen af. 'Ik ga naar boven.'

'Wil je geen koffie?' Larry zet het koffiezetapparaat aan.

'Nee, misschien straks.' Onder het afwassen heeft ze een idee gekregen. Op haar kamer zoekt ze haar mobiel. Mam bekijkt het maar, denkt ze. Ik ben niet ziek en ik heb al vaker met blauwe plekken rondgelopen. Ze zoekt Tamars nummer op.

'Hoi, met mij.'

'Hé, Bren, ik wilde je net vanavond bellen. Hoe is het? Voel je je al wat beter?'

Brenda probeert haar stem een beetje schor te laten klinken. 'Ja, het gaat wel. Voor zaterdag moet het gewoon over zijn.'

'Dus je komt?'

'Natuurlijk. Desnoods neem ik extra paracetamol in. En wat zal ik meenemen? Bitterballen?'

'Oh nee, laat maar. Mijn moeder heeft van alles in huis ge-haald en ze gaat een appeltaart bakken.'

'Lekker! Jouw mams maakt de heerlijkste appeltaart.'

'Jij krijgt een extra stuk,' belooft Tamar haar. 'Dan zul je zien hoe snel je weer beter bent.'

Brenda lacht. 'Tot zaterdag en doe de groetjes aan de O'tjes.'

'Oké, en jij aan Larry.' Tamar hangt op.

Dat is geregeld, denkt Brenda. Ik blijf zaterdagavond mooi niet thuis.

Om halfacht gaat ze beneden koffiedrinken. Johan en Sophie hangen voor de televisie. Er staat voetbal op.

'Wie wint er?' vraagt ze aan Johan.

'Feyenoord,' antwoordt hij. 'Blijf je ook kijken?'

'Nee, ik hou niet zo van voetbal.' Ze kijkt de kamer rond. 'Is Larry boven? Dan ga ik vragen of ik even op internet mag.'

Johan knikt.

'Doe je zachtjes voor de kleintjes?' zegt Sophie.

Larry zit achter de computer. Als Brenda zijn kamer binnen komt, klikt hij snel op de muis. Op het beeldscherm verschijnt een screensaver van een vouwfiets.

'Stoor ik?' vraagt Brenda. Ze kijkt naar het beeldscherm. 'Wat ben je aan het doen?'

'Ik moet nog iets aan mijn ontwerp veranderen,' antwoordt Larry. De wanden in zijn kamer hangen vol met posters van vouwfietsen. Vouwfietsen zijn Larry's grote hobby. Hij is al maanden bezig om zelf een ultralichte fiets te ontwerpen. 'Ga zitten.' Hij wijst naar zijn onopgemaakte bed. Brenda trekt het dekbedovertrek een beetje glad en ploft neer.

'Je krijgt de groeten,' zegt ze.

'Van wie?' vraagt Larry nieuwsgierig.

'Ik heb net met Tamar gebeld.' Brenda trekt haar knieën op en leunt tegen de muur. 'Ze vindt je leuk.'

'Oh ja?' Larry draait zijn stoel naar haar toe.

Brenda knikt. 'Als je wilt doe ik haar de groeten terug, maar dan moet je wel iets voor me doen.'

'Wat dan?'

'Ik ga zaterdagavond naar Tamar. We gaan met nog drie vriendinnen film kijken.'

'Maar je mag niet weg van je moeder.'

'Precies, dus jij mag niets tegen haar zeggen, snap je. Anders...'

'Anders krijg je mega op je kop,' vult Larry aan. 'Je hebt vaak ruzie met haar, hè?'

'Vroeger niet, toen ik bij mijn vader woonde.'

Larry rolt de stoel naar zijn bed. 'Ik help je wel. Ik zeg niets tegen je moeder, en doe Tamar maar de groeten van mij.'

13

Sophie, Johan en de kleintjes vertrekken vroeg in de ochtend. 'Er staat soep in de koelkast en in de vriezer ligt pizza,' zegt Sophie tegen Larry. 'Morgen zijn we rond etenstijd weer thuis.' Anna en Jéjé geven Brenda en Larry een kusje. Johan zwaait. Sophie houdt Brenda, die terug naar de kamer wil lopen, even tegen. 'Je weet wat ik gezegd heb. Je blijft thuis.'

'Ja, mam.' Brenda kijkt snel naar Larry. Hij geeft haar een knipoog.

Als ze alleen zijn vraagt hij: 'Wat ga je vandaag doen?'

'Een heleboel niks en vanavond lekker naar Tamar,' antwoordt ze.

'Ik wil straks naar de stad. Ga je mee?'

'Nee, ik vind het heerlijk om even alleen te zijn.'

'Weet je het zeker? Ik heb kortingsbonnen. Drie cd's halen, twee betalen. Jij mag er een uitkiezen.'

Brenda schudt haar hoofd. 'Ik blijf liever thuis.'

Pas om een uur of elf gaat ze uitgebreid douchen. Ze wast haar haren, scheert haar oksels en benen, en smeert zich helemaal in met bodylotion. Daarna trekt ze een witte broek en een groen shirtje aan. Ze ruimt de laatste troepjes in haar kamertje op en controleert voor de zekerheid of er was in de droger zit. Als Larry thuiskomt, ligt ze uitgestrekt op de bank naar een muziekzender te kijken. Het geluid staat keihard. Larry laat zijn nieuwe cd's zien. 'Oh, die vind ik ook goed,' zegt Brenda. 'Wil je hem voor me branden?'

Om zes uur zet Brenda de oven aan en warmt de soep op. 'Waar woont Tamar eigenlijk?' vraagt Larry. Brenda noemt de straatnaam.

'Hoe laat ga je naar haar toe?'

'Rond acht uur.'

'Dan breng ik je wel.'

'Waarom?' vraagt Brenda verbaasd.

Larry haalt zijn schouders op. 'Ik moet ook die kant uit.'

Ja ja, denkt Brenda. Waarom zeg je niet gewoon dat je haar wilt zien?

Het is een beetje schemerig als ze naar Tamar fietsen. Larry heeft Sophies fiets gepakt. Hij heeft zijn eigen fiets helemaal uit elkaar gehaald voor onderzoek.

'Hoever ben je met je ontwerp?' vraagt Brenda.

'Het is nog lang niet af. Ik moet nog een heleboel doen. En dan is het de vraag of ik een fabrikant vind.'

Ze komen bij Tamars huis aan. Brenda drukt op de bel. Tamar opent de deur. 'Hoi, Bren, blij je te zien. Ben je helemaal patiënt af?' vraagt ze. Dan ziet ze Larry. 'Hé, Brenda heeft niet verteld dat je mee zou komen. Wil je de film ook zien?'

'Nee, ik heb met vrienden afgesproken. Ik lever alleen mijn kleine zusje af.'

Ik ben je zus niet, denkt Brenda.

'Wat gaan jullie doen?' wil Tamar weten.

'We gaan eerst bij een van ons indrinken en daarna gaan we naar de Fantasy.'

'Slim. In een discotheek betaal je je blauw aan drankjes.'

'Ja, een watertje kost al belachelijk veel. Ben je al eens in de Fantasy geweest?'

'Nee.'

'Hoe lang duurt die dvd?'

'Ongeveer twee uur.'

Larry denkt na. 'Ik weet wat. Kom na de film met zijn allen naar de Fantasy. Dat zullen Alex en Rick ook leuk vinden.'

'Zijn dat je vrienden?' vraagt Tamar.

'Ja, en ze zijn niet bezet.'

'Ik ook niet.' Tamar glimlacht breed. 'Zullen we het doen, Bren?'

'Ik weet het niet. Als mijn moeder erachter komt...'

'Ze blijft toch bij je oma en opa slapen?' zegt Larry. 'Kom op, dit is je kans. Bel me als jullie weggaan, dan zorg ik dat ik bij de ingang sta.'

Tamar knikt enthousiast. 'We komen,' zegt ze.

'Wacht,' zegt Brenda tegen Larry. 'Ik heb je nummer niet.'

Tamar pakt haar mobiel, die aan een koord om haar hals hangt. 'Ik sla het wel op. Nul zes, en dan?' Ze tikt razendsnel het nummer in.

'Tot later.' Larry gaat weg.

'Oké, Bren, wij gaan vanavond echt stappen,' zegt Tamar. 'Larry heeft goede ideeën, zeg.'

'Ik ben benieuwd of de O'tjes mee willen.'

'Natuurlijk. Ze zijn echte feestbeesten.'

'Zijn ze er al?'

'Ja, ze zitten in mijn kamer.'

Het rolgordijn in Tamars kamer is neergelaten. In de vensterbank branden een paar waxinelichtjes. Op een dienblad op de grond liggen zakken chips en een grote zak drop.

'Brenda's broer heeft gevraagd of we na de film naar de Fantasy komen,' zegt Tamar tegen Odillia, Octavia en Olivia. 'Gaan jullie ook mee?'

'We kennen hem niet,' zegt Octavia.

'Dat maakt toch niet uit? En hij heeft twee vrijgezelle vrienden bij zich.'

'Dat klinkt goed,' zegt Olivia. 'Ik heb wel zin. Maar we moeten om één uur thuis zijn.'

'Geen probleem,' zegt Tamar. 'Dan ga ik nu de dvd aanzetten.'

'Hoe is de film?' vraagt Tamars moeder als ze halverwege de avond de kamer binnen komt. Ze heeft een glazen schaal met grote stukken appeltaart met slagroom bij zich.

'Spannend,' zegt Odillia.

'Supermooie special effects,' vindt Tamar.

'De muziek is heel goed. U moet ook een keer kijken,' zegt Brenda.

'Dat zal ik doen.' Tamars moeder zet de schaal voor de meisjes neer. 'Eet smakelijk en zelf de kruimels opruimen.'

Als de film is afgelopen rekt Tamar zich uit. 'Ik moest bijna huilen,' bekent ze.

'Ik ook,' zegt Olivia.

Brenda heeft echt stilletjes gehuild. Ze veegt in haar ogen. Odillia duwt tegen haar aan. 'Het is maar een film, hoor.'

'Maar hij is zo mooi. Toen ze eindelijk samen waren en alle ellende hadden overleefd, moest ik wel janken.'

Tamar schenkt nog een keer de glazen vol. 'We doen net als de jongens,' zegt ze.

Larry staat op de afgesproken tijd bij de Fantasy te wachten. Hij neemt de meisjes mee naar binnen en loopt door naar Alex en Rick.

'Dit zijn mijn zusje en haar vriendin, maar deze drie mooie meiden ken ik niet,' zegt hij tegen de jongens.

Olivia draait in het rond. 'We zijn allemaal vriendinnen,' zegt ze. Ze wijst naar Odillia. 'Dat is Odillia, mijn andere zus heet Octavia en ik ben Olivia. Gaan we dansen?'

'Wil je?' vraagt Larry aan Brenda.

'Zo meteen. Ik moet even naar de wc. Waar is die?'

'Daar, achter de blauwe bar.'

Als ze terugkomt, ziet ze niemand van haar groepje.

Ik zie ze zo wel weer, denkt ze. In haar eentje begint ze te dansen. Er wordt goede muziek gedraaid. Ze leeft zich helemaal uit.

'Wauw, jij kunt het goed!' Larry staat ineens voor haar. Hij legt zijn handen op haar heupen en houdt haar vast. 'Waar heb je dat geleerd?'

Brenda blijft met een schok stilstaan en duwt Larry weg. 'Niet doen,' zegt ze verward. Zijn warme handen geven een vreemde tinteling op haar huid. 'Waar was je?' vraagt ze gauw.

'Bij de anderen, daar.' Larry wijst naar een rode bar. 'Wij waren jóú kwijt.'

'Dan ben ik zeker de verkeerde kant op gelopen.'

'Suffie. Kom mee.'

Ze strijkt een haarlok voor haar ogen weg en laat zich door Larry meetrekken.

De tijd vliegt voorbij. Ineens is het al kwart voor één.

'We moeten weg!' schreeuwt Odillia. Ze probeert boven de herrie uit te komen.

'Nu al?' vraagt Rick. 'Het is nog hartstikke vroeg.'

'Ik wil geen ruzie met mijn ouders krijgen,' zegt Odillia vlak bij Ricks oor. 'Kom, meiden, we gaan.' Ze lopen met zijn allen naar de uitgang.

'Wanneer komen jullie weer?' wil Alex weten.

'Snel, hoop ik,' zegt Tamar.

'Moet ik je naar huis brengen?' vraagt Larry aan Brenda.

'Nee, hoor. Ik kan wel alleen thuiskomen. Hoe laat ga jij weg?'

'Ik zie wel.'

Ze zoeken hun fietsen op. De drieling gaat al snel een andere richting op. Brenda en Tamar rijden samen verder.

'Ik wou dat we er vaker naartoe konden,' zegt Tamar. 'Larry kan waanzinnig goed dansen en nu weet ik echt zeker dat ik hem leuk vind.'

Doe normaal, denkt Brenda. Ze zegt niets terug. Tamar kletst gewoon verder. 'Hoe vaak gaat hij naar de Fantasy? Als ik aan mijn moeder vraag of ik met je halfbroer uit mag, vindt ze het vast goed.'

'Stiefbroer,' verbetert Brenda haar vriendin geërgerd. Hij is net zomin familie van mij als Tamar dat is, denkt ze.

Bij de volgende kruising zeggen ze elkaar gedag. Brenda fietst het laatste stukje alleen naar huis.

Als ze de straat in rijdt, trapt ze hard op haar rem.

Dit kan niet! denkt ze.

Overal in huis brandt licht. Johans auto staat voor de deur.

14

Brenda kwakt haar fiets tegen de heg van de overburen en duikt achter een geparkeerde auto.

Hoe kan dat nou? denkt ze. Ze zouden pas zondagmiddag thuiskomen!

Haar hart bonkt als een razende. Ze bijt op de knokkels van haar vingers en gluurt over de motorkap. De crèmekleurige gordijnen zijn dichtgetrokken, maar ze ziet de schaduw van Sophie door de kamer heen en weer gaan.

Wat moet ik doen? vraagt ze zich af. Naar binnen gaan durf ik niet. Mam doet me wat!

Ze zoekt in haar tas naar haar mobiel. Larry moet me helpen, denkt ze. Oh shit, ik heb zijn nummer niet. Ik heb er niet aan gedacht om het van Tamar over te nemen.

Ze blijft gehurkt achter de auto zitten en wordt steeds banger. Waarom zijn ze thuis? Wat is er gebeurd?

Na een tijdje krijgt ze pijn in haar knieën van de rare houding waarin ze zit. Voorzichtig gaat ze op haar billen zitten. Het kan haar niet schelen dat haar broek vies wordt.

Ik wou dat Larry thuiskwam, denkt ze. Als hij erbij is, durft mam niets te doen.

Er rijdt een auto de straat in. Brenda schrikt van het geluid. Het is een politieauto en hij stopt vlak bij haar. Brenda pro-

beert zich zo klein mogelijk te maken en houdt haar adem in.
Het rechterportier wordt opengeslagen. Ze knijpt haar ogen
stijf dicht. Het tweede portier gaat open.

'Ze moet hier ergens zitten,' zegt een man. 'Pak de zaklamp.'

Boven haar hoofd gaat een raam open.

'Daar is ze,' hoort ze een vrouwenstem sissen.

Brenda kijkt op. Buurvrouw Van Beek wijst naar haar.

De politieagenten komen met grote passen op haar af. Een
van hen houdt een hand op zijn pistool.

'Sta op!' zegt de langste van de twee. Hij schijnt de zaklamp
midden in haar gezicht. Ze knippert met haar ogen.

'Laat je handen zien.'

Ze doet precies wat hij zegt.

'En nu rustig hierheen komen.' Brenda loopt met haar handen omhoog naar de agenten. 'Ik heb niets gedaan,' zegt ze
geschrokken. 'Ik woon hier.' Ze wijst naar de overkant.

De agenten nemen haar mee naar de surveillanceauto. Een
van hen zegt iets door de portofoon.

'We hebben haar gevonden. U hoort straks meer. Over.'

De langste agent gaat voor Brenda staan. 'Wat doe jij hier zo
laat op straat? En waarom verstop jij je achter een auto?'

Brenda weet niet wat ze moet antwoorden. 'Ik wacht op mijn
stiefbroer,' zegt ze daarom maar.

'Waarom verstop jij je dan achter een auto? Dat vind ik een
beetje vreemd.'

'Ik eh... W-we zijn u-uit geweest. Hij k-komt zo,' zegt ze stotterend. 'We wonen hier echt.' Ze wijst. 'Dat is mijn buurvrouw. Ze kent me. Ja hè, mevrouw Van Beek?' Brenda kijkt
naar boven, maar het raam is weer dicht.

'Zal ik aanbellen?' vraagt de kleinste agent. De andere agent schudt zijn hoofd. 'Ik denk dat ze wel de waarheid spreekt.' Hij kijkt Brenda streng aan. 'Weet je moeder dat je hier op je stiefbroer wacht?'

'Nee.' Brenda is bijna niet te verstaan.

'Waarom niet?'

'Ik mocht niet uit. Ze weet niet dat ik toch weg ben gegaan.'

'Zoiets dacht ik al. Je durft niet naar binnen omdat je bang bent dat je op je kop krijgt. Klopt dat?'

Brenda knikt.

'Dan heb je pech, jongedame. We brengen je naar je moeder.'

Nee, alsjeblieft niet! denkt ze angstig. Hoe moet ze de agenten uitleggen dat ze doodsbang is? Ineens flitst de gedachte aan de maatschappelijk werkster door haar hoofd. Waar heeft ze haar kaartje ook alweer gelaten?

Ze krijgt de kans niet om verder na te denken. De langste agent pakt haar bij haar elleboog vast. 'Op welk nummer woon je?'

'Drieënveertig.'

'Kom.' Ze lopen naar de voordeur. De kleinste agent drukt op de bel. Sophies voetstappen klinken door de gang. De deur zwaait open.

'Brenda, waar was je?' roept Sophie. 'Ik had gezegd dat je niet weg mocht.' Ze wil Brenda beetpakken. De langste agent gaat tussen hen in staan.

'Rustig maar, mevrouw. Ik begrijp dat u bezorgd bent, maar deze kleine feestvierder is er weer.'

'U begrijpt het helemaal niet!' Sophie is woedend. 'Mijn man ligt in het ziekenhuis! Hij heeft een hartinfarct gekregen. En zij...' Ze steekt haar hand naar Brenda uit. 'Zij moest thuis-blijven.'

'Mogen we even binnenkomen?' vraagt de kleinste agent.

'Nee, ik heb jullie niet gebeld en ik heb jullie hulp niet nodig. Ik wil naar bed. Ik ben doodop van de zenuwen.'

'We moeten toch een paar gegevens noteren,' zegt de langste agent rustig. Hij pakt een notitieboekje en vraagt naar de naam en geboortedatum van Sophie en Brenda. Sophie geeft nors antwoord.

'Ik wens u sterkte met uw man. En jij moet beter naar je moeder luisteren, meisje,' zegt hij als hij alles opgeschreven heeft. 'Goedenacht.'

Sophie staat in de gang tegenover Brenda. Ze zegt niets. Kijkt alleen maar.

Brenda kan er niet tegen. 'Ga je me slaan?' vraagt ze uitdagend.

Sophie lacht op een akelige manier. 'Wil je dat ik je sla? Ga je dan zo hard gillen dat die agenten je kunnen horen? Wat ga je tegen ze zeggen? Dat je een rotmoeder hebt?' Sophie grijpt in-eens Brenda's arm vast en draait hem op haar rug. Volkomen onverwacht duwt ze Brenda de gangkast in. Ze slaat de deur met een harde klap dicht en draait hem op slot.

'Oh, je hebt zo'n rotmoeder!'

15

De gangkast is tegelijk voorraadkast en rommelkast. Brenda stoot haar voet tegen een berg schoenen die vlak bij de deur ligt en blijft onbeweeglijk staan. Ze kan geen hand voor ogen zien. Sophie is weggegaan en heeft alle lichten uitgedaan. Brenda's nekharen kriebelen. Weet Sophie nog dat ze bang voor spinnen is? Ze durft bijna geen adem te halen. Na een tijdje duwt ze voorzichtig met haar voet een paar schoenen opzij zodat ze wat makkelijker kan staan.

Hoe laat zou het zijn? denkt ze. Wanneer komt Larry thuis? Ik wil uit de kast. Ik kan hier niet tegen.

Ze krijgt het benauwd. Haar borst gaat op en neer.

'Mam!' schreeuwt ze ineens. 'Mam, kom alsjeblieft.' Dan slaat ze me maar, denkt ze. Alles liever dan hier in de kast opgesloten te zitten.

'Mam!'

Het licht op de gang gaat aan. Brenda ziet een streepje licht onder de deur schijnen.

'Mam,' zegt ze smekend. 'Doe alsjeblieft de deur open. Ik zal nooit meer zomaar weggaan. Echt niet.'

Ze houdt haar oor tegen de deur. Waar blijft haar moeder nou? Ineens wordt er hard op de deur gebonkt. Brenda schrikt van het geluid.

'Hou je mond. Johan is ziek, hoor je. Johan is doodziek! Wat moet ik doen als hij het niet redt?' gilt Sophie met overslaande stem.

Brenda hoort Sophie over de gang weglopen. Bevend stopt ze haar gezicht tussen haar armen. 'Oh God,' bidt ze op fluistertoon. 'Help me. Ik ben bang voor haar.' Ze glijdt met haar rug tegen de deur op de vloer en legt haar hoofd tegen haar knieën. Huilend valt ze in slaap.

Brenda ligt opgekruld in de kast. Ze heeft geen idee hoe laat het is of hoe lang ze hier al is. Plotseling wordt de deur opengetrokken en rolt ze de gang op. Haar spieren doen pijn van het verkrampt zitten en ze heeft het koud.

Sophie houdt een vinger tegen haar lippen. 'Stil,' zegt ze fluisterend. 'Larry slaapt nog. Ik wil niet dat hij wakker wordt.'

Brenda krabbelt overeind. Ze durft niets te zeggen. Is deze straf voorbij, of staat haar nog meer te wachten?

Sophie gaat terug naar de keuken. Brenda loopt haar achterna. 'Mam?' vraagt ze voorzichtig. 'Wat is er met Johan gebeurd?'

Sophie blijft staan en draait zich om. 'Johan is gisteravond bijna doodgegaan. Weet je hoe het is als je je man neer ziet vallen?'

'Wat erg!'

'Opa belde gelukkig meteen 1-1-2.'

'En toen?'

'Ze hebben hem gereanimeerd en naar het ziekenhuis gebracht. Toen zijn toestand stabiel was, ben ik naar huis gegaan om spullen te halen. Maar toen...' Sophie valt even stil. 'Toen was je er niet!'

'Het spijt me. Het spijt me echt.'

Sophie kijkt haar nors aan. 'Daar heb ik veel aan,' zegt ze.

Brenda slaat haar ogen neer.

'Ik heb nog naar huis gebeld om het te vertellen,' gaat Sophie verder. 'Maar er werd niet opgenomen. Het heeft je nooit wat kunnen schelen hoe ik me voel, hè?'

'Wat bedoel je, mam?'

'Ach.' Sophie laat zich op een van de keukenstoelen zakken. 'Dat kun jij je niet herinneren. Als baby krijste je de hele boel bij elkaar. Dag in, dag uit. Ik kon geen goed bij je doen. Op het consultatiebureau wilden ze niet geloven dat je gemiddeld achttien uur per etmaal je longen uit je lijf schreeuwde. Ik werd er gek van.'

Brenda kijkt vol ongeloof naar Sophie. Waar heeft haar moeder het over?

'Ik was dolblij toen ik een baan vond en jij naar de crèche ging. Het verbaast me nog steeds dat ze me nooit belden om te zeggen dat ik je moest ophalen.'

'Dat wist ik niet.'

'Je weet zoveel niet. Waarom denk je dat ik bij je vader ben weggegaan?'

'Mam?' Brenda kan Sophie niet volgen.

'Laat maar. Ga naar je kamer en laat me met rust.'

Brenda rent naar boven. Haar voeten vliegen over de trap.

Ik moet pap bellen, denkt ze. Dit gaat niet goed.

16

De lijn in Schotland is bezet. Brenda toetst het nummer keer op keer in, net zo lang tot er wordt opgenomen. Pas bij de zesde poging is het raak.

'Kevin Twisk.'

'Pap, met mij. Hoe gaat het?' Ze weet niet precies wat ze tegen hem moet zeggen.

'Hé, Bren, dat is toevallig. Ik zat net aan je te denken. Hang maar op. Ik bel je terug. Dat scheelt jou je beltegoed.'

Even later gaat haar telefoon over. 'Pap?' vraagt ze.

'Ja, daar ben ik weer. Is alles goed met je?'

'Het gaat wel.'

'Is er iets? Je klinkt zo timide.'

Brenda aarzelt. 'Mam is een beetje gestrest,' zegt ze voorzichtig. Moet ze hem nu wel of niet vertellen wat er is gebeurd?

'Hoe komt dat?'

'Ze heeft het druk en gisteravond heeft Johan een hartaanval gehad. Hij ligt in het ziekenhuis.'

'Och, meisje. Reageert ze dat op jou af?'

'Een beetje.'

'Zal ik met haar praten?'

'Je weet toch dat ze niets meer met je te maken wil hebben? Ze komt echt niet aan de telefoon.'

'Je moeder maakt het zichzelf moeilijk. Maar luister, ik heb wat leuks voor je. Volgend weekend komen Alice en ik naar Nederland. We willen graag dat je bij ons in het hotel overnacht.'

'Meen je dat?'

'Ja, ik moet wat zaken afhandelen. Maar er is tijd genoeg om samen dingen te doen. En dan hebben we het wel over je moeder. Ik moet jammer genoeg nu weg. Van de week bel ik je om alles af te spreken.'

'Oké. Ik ben blij dat je komt.'

'Kus kus, meisje.'

'Kus kus, pap.'

Brenda laat haar mobieltje op bed vallen. Misschien vertel ik het hem als ik hem zie, denkt ze. Op de grond ligt haar schoolboek Frans. Ze raapt het op en begint erin te bladeren.

Ik heb helemaal geen zin om te leren, denkt ze.

Ze gaat voor het raampje staan en staart een tijd voor zich uit.

Ik hoop dat het goed komt met Johan, denkt ze. Anders wordt mam echt gestoord. En dan weet ik niet wat ik moet doen.

Moedeloos gaat ze op bed liggen, maar als ze haar maag voelt rommelen, beseft ze dat ze nog niet ontbeten heeft.

Mam kan me niet verbieden om wat te eten te pakken, denkt ze.

In de gang komt Brenda Larry tegen. Hij ziet er slaperig uit en zijn haar zit door de war.

'Larry, wat erg van je vader,' zegt Brenda meteen.

'Wat is er dan?' vraagt Larry geschrokken.

'Heeft mijn moeder niets gezegd?'

'Hè, heeft ze gebeld?'

'Nee, ze is thuis.'

'Hoe kan dat nou, ze zouden toch vanavond pas thuiskomen?'

'Er is wat gebeurd. Mijn moeder is geloof ik in de keuken.'

Larry rent naar de keuken. Brenda gaat hem achterna.

'Wat is er aan de hand? Waar is mijn vader?' vraagt hij onthutst.

Sophie vertelt nog een keer wat er is gebeurd. Brenda ziet dat ze donkere kringen om haar ogen heeft.

'Waarom heb je me vannacht niet gewaarschuwd?' vraagt Larry boos.

Sophie zucht. 'Ik heb naar je mobiel gebeld, maar je nam niet op. Ik heb een hele tijd liggen luisteren of je thuiskwam, maar uiteindelijk viel ik in slaap. Heb je de auto niet voor de deur zien staan? Dan had je kunnen weten dat er iemand thuis was.'

Larry verkleurt. 'Ik geloof dat ik iets te veel bier gedronken heb,' zegt hij.

'Ja,' zegt Sophie. 'Ik kan het hiervandaan ruiken. Als ik jou was, zou ik een stevige douche nemen. Dan kun je daarna naar je vader. Ik heb vanochtend het ziekenhuis gebeld. Het gaat gelukkig iets beter met hem.'

Brenda heeft brood gepakt en vraagt: 'Waar zijn de kleintjes?'

'Die mogen voorlopig bij oma en opa blijven. Ik ga straks nog wat spulletjes brengen,' antwoordt Sophie.

'Ik vind het echt heel rot voor Johan,' zegt Brenda. 'Kan ik iets doen?'

'Ik denk dat ik zelf ook een paar dagen bij mijn ouders blijf. Zo kan ik naar het ziekenhuis wanneer ik wil en hoeven de kleintjes mij niet te veel te missen. Jullie moeten maar een paar dagen voor jezelf zorgen.'

'Dat lukt wel,' zegt Larry. 'Ik ga me wassen, want ik wil zo snel mogelijk naar mijn vader.'

Als Larry weg is, blijft Brenda zenuwachtig in de keuken staan. 'Mam.' Ze merkt dat haar stem trilt.

'Wat is er?'

'Ik heb pap gesproken.'

'Waarover?'

'Aanstaand weekend komt hij naar Nederland. Ik mag bij hem in een hotel komen logeren.'

Sophie knijpt haar lippen op elkaar. 'Als hij je mee naar Schotland had genomen, zou alles anders zijn.'

'Mam, heb je een hekel aan mij?'

'Ik kan er niets aan doen dat ik soms zo kwaad wordt.'

Oh, nee? denkt Brenda.

Sophie loopt met driftige passen de keuken uit. 'Ik ga inpakken.'

Brenda eet langzaam haar brood op. Mam heeft geen antwoord gegeven, denkt ze.

Larry is snel klaar met douchen. Hij gaat terug naar de keuken.

'Ik begrijp er niets van,' zegt hij tegen Brenda. 'Mijn vader rookt niet, hij eet gezond en hij is best nog jong.'

Brenda legt even haar hand op zijn arm. 'Hij wordt vast beter. Ga maar snel naar hem toe. Doe hem heel veel groeten en vraag wanneer ik op bezoek mag komen.'

'Ik zal het doen.' Hij blijft even staan. 'Deed je moeder moeilijk vannacht?'

'Het viel wel mee.'

'Echt waar? Je ziet er anders rot uit.'

'Dank je.'

'Zo bedoel ik het niet.'

'Het geeft niet. Ik heb gewoon vannacht anders dan anders geslapen.' En dan lieg ik niet, denkt Brenda verdrietig.

17

Tamar draait zich in een bocht om bij dat kriebelige plekje op haar rug te komen. 'Ik ben vannacht lek geprikt door die rotmuggen,' zegt ze tegen Brenda. Ze liggen samen in het gras naast het schoolplein. 'Er moet een gat in mijn klamboe zitten. Het kan niet anders.' Ze haalt een appel uit haar tas en neemt een grote hap. 'Heb jij geen honger?' vraagt ze met volle mond. Het sap druipt over haar kin.

'Ik ben vergeten brood en geld mee te nemen,' antwoordt Brenda.

'Stommerd. Wil je wat van mij? Ik geloof dat ik nog een boterham met leverworst heb.'

Brenda trekt een vies gezicht. 'Nee, bedankt. Dat brood zit al uren in je tas. Wil je dat ik een voedselvergiftiging oploop? Ik mag niet ziek worden, want morgen ga ik naar mijn vader.'

'Als je niet eet, word je ook ziek. Kom, we gaan naar de kantine.' Tamar haalt twee briefjes van vijf euro uit haar zak. Ze geeft er een aan Brenda. 'Hier, je mag het van mij lenen.'

'Ben jij nog zo rijk aan het eind van de week?'

'Ik heb gisteravond op het zoontje van mijn vaders collega gepast. Hun eigen oppas kon op het laatste moment niet komen. Ze waren zo blij dat ik kwam dat ik voor drie uurtjes oppassen tien euro kreeg.'

'Zo'n baan wil ik ook,' zegt Brenda zuchtend. 'Ik heb chronisch geldgebrek. Mijn moeder geeft me heel wat minder zakgeld dan mijn vader.'

'Je vindt het niet leuk om bij haar te wonen, hè?'

Brenda geeft geen antwoord.

'Ben je al een beetje gewend?'

'Niet echt. Ik baal nog steeds dat mijn vader zo ver weg is gaan wonen. Wat dat betreft is mijn moeder het met mij eens.'

'Het gaat heel anders dan bij je vader, hè?'

'Zeker weten. Ik mag bijna niets van haar. En ze kan tekeergaan!'

'Wat doet ze dan?'

'Als ze boos is begint ze te schreeuwen, en ik hoef maar iets te doen wat haar niet aanstaat of ik kan naar mijn kamer vertrekken.' Brenda wil wel íéts kwijt over haar moeder, maar ze kan Tamar niet alles vertellen. Daar schaamt ze zich te veel voor. Ze begrijpt zelf amper waarom Sophie haar pijn doet. Dat hoort niet, denkt ze. Een moeder moet van haar kind houden. Ze moet haar handen niet gebruiken om te slaan!

'Volgens mijn moeder ben ik vreselijk aan het puberen,' maakt ze Tamar wijs. 'Ze vindt me maar lastig.'

'Pubers horen lastig te zijn.'

Brenda grinnikt. 'Misschien heeft ze gelijk. Sinds kort heb ik in ieder geval één puberale neiging.'

'Wat zeg je nou?'

'Misschien vind je het stom, maar afgelopen week heb ik een gedicht geschreven.'

'Oh jee, bedoel je dat je in de ik-hou-van-jou-ik-blijf-je-trouw-fase zit?'

'Ben je gek! Ik ben niet verliefd. Jij wel soms?'

'Hm, ik denk het wel.' Tamar trekt een paar sprietjes uit het gras. Ze bestudeert ze aandachtig. 'Maar ik vertel nog niet op wie.'

'Ja doei, dan moet je er niet over beginnen.'

'Jij begon en je hoeft niet alles te weten. Ik wist het van jou en Jasper toch ook pas veel later?'

'Dat is waar. Maar ik heb het wel gelijk verteld toen het uit was.'

'Kom nou maar op met je gedicht. Wat heb je voor een epistel geschreven?'

'Geen ik-hou-van-jou-ik-blijf-je-trouw-dingen. Het gaat meer over... Hoe zal ik het zeggen? Het leven, denk ik. Je weet wel, dat je je soms vreemd voelt. Begrijp je?'

'Over pubers dus. Je moeder heeft gelijk.'

'Als je me gaat pesten, lees ik niet voor.'

'My lips are sealed.'

'Mijn gedicht is ook in het Engels.' Brenda haalt een papiertje uit haar agenda en leest een beetje zenuwachtig voor.

'Sometimes
Sometimes no one knows what's on my mind
It's me
Do you know who I am?
Sometimes
Sometimes you see me
Sometimes I'm gone
Here I am
And I love
I love myself
Sometimes.'

'Mooi,' zegt Tamar. 'Maar het rijmt niet.'

'Dat hoeft niet per se.'

'Wat ga je ermee doen?'

'Bewaren, voor later.'

'Je kunt het ook naar een tijdschrift opsturen. Misschien plaatsen ze jouw gedicht.'

'Wat zou ik ervoor krijgen?'

'Een cadeautje, denk ik. Make-up, of een sieraad.'

'Wie weet doe ik het wel. Misschien word ik beroemd.'

'Ja, dan word je overal gevraagd en deel je handtekeningen uit en ben je verlost van je geldproblemen.'

'Ik zie het wel zitten. En als ik het te druk krijg, word jij mijn manager.'

Een eindje bij hen vandaan lopen Eveline en Maud. Eveline praat druk met Maud. Ze wappert met haar handen.

'Kijk,' zegt Brenda. 'Zouden ze ruzie hebben?'

'Wie weet. Ze zoeken het maar uit.'

Maud heeft twee dagen op het bureau vastgezeten. Sinds ze terug is op school, hebben ze niet meer met elkaar gepraat. Brenda vertikt het om haar het eerst aan te spreken, en Maud ontwijkt haar.

'Wat denk je dat ze in de vakantie moet doen?' vraagt Tamar. Ze is er via Eveline achter gekomen dat Maud een taakstraf krijgt.

'Ik hoop dat ze olifantenpoep moet opruimen.'

Ze blijven naar Eveline en Maud kijken. Zo te zien is Eveline boos. Ze trekt aan Mauds arm. Maud rukt zich los en loopt weg. Eveline gaat haar achterna.

'Ga je mee naar de kantine?' vraagt Tamar.

Brenda staat op. Ze heeft het geld nog in haar hand. 'Misschien krijg ik van mijn paps wat extra's,' zegt ze.

Ze lopen naar de buitentrap van de kantine. 'Daar heb je Maud en Eveline weer,' zegt Tamar. 'Ze komen naar ons toe.'

Eveline geeft Maud een duwtje. Maud komt dichterbij.

'Hoi,' zegt ze aarzelend. Ze friemelt aan de zoom van haar korte rokje en kijkt naar Brenda. 'Sorry voor wat er is gebeurd,' zegt ze zachtjes.

Brenda gaat op de ijzeren trap zitten. Tamar blijft een paar treden hoger staan.

'Hoe heb je zo stom kunnen doen?' vraagt Brenda. 'Je wist dat we gepakt konden worden.'

'Sorry! Duizend keer sorry. Ik dacht dat ze het niet zouden merken, want ik had de alarmstickers eraf gehaald.'

'Je bent niet wijs. Weet je hoe bang ik was toen ik in de cel zat? Waarom heb je niets gezegd?'

'We mochten niet praten. Dat hoorde je toch?'

'Je had het tegen die beveiligingsman kunnen zeggen.'

'Dat durfde ik niet.'

'Lafaard!'

'Je hebt gelijk.'

'Ik ga nooit meer met je winkelen.'

'Maar kunnen we wel weer normaal met elkaar praten?'

'Ik zal het proberen.' Brenda hijst zich aan de leuning op. 'Vertel eens... Hoe vond jij het op het politiebureau?'

Maud trekt een scheef gezicht. 'Ik zal het netjes zeggen. Het was zwaar Kwalitatief Uitermate Teleurstellend!'

18

Brenda zoekt tussen het wasgoed naar haar roze truitje. Ze wil het aan als ze straks naar haar vader en Alice gaat.

Ik weet zeker dat het niet meer bij de vuile was ligt, denkt ze. Ik heb het zelf in de wasmachine gestopt. Waar is dat ding?

Het is al negen uur geweest. Om halfelf wordt ze opgehaald. Maar ze moet haar tas nog inpakken en ze wil haar huiswerk afmaken. Ze rommelt door de berg strijkgoed. Een zomerjurkje van Anna valt op de grond.

'Brenda, wil je even komen?' roept Sophie naar haar.

Wat nu weer? denkt Brenda geïrriteerd. De handdoek die ze in haar hand houdt, smijt ze in de richting van de wasmand. Hij valt ernaast.

Jéjé zit in de kinderstoel. Anna rent rond de tafel achter Mauw-Mauw aan.

'Ik moet even naar de buurvrouw,' zegt Sophie. 'Let jij op de kleintjes? Ik ben zo terug.' In het voorbijgaan pakt ze Anna bij haar arm en duwt haar op de bank. 'Je mag Mauw-Mauw niet plagen,' zegt ze. 'Mauw-Mauw is nog een baby.'

'Jéjé ook,' roept Anna.

'Ja.' Sophie zet een bord op haar schoot. 'Maar jij bent al groot. Eet je boterham op, dan mag je straks film kijken.'

'Dat mag niet van oma.' Anna steekt een dun wijsvingertje op.

'Oma zegt dat je alleen maar een uurtje mag kijken. Niet de hele dag.'

'Dat is als je bij oma bent. Jullie zijn nu weer thuis. En hier is mama de baas.' Sophie stopt een stukje brood in Anna's mond. 'Vanavond wil mama naar papa. Mama gaat aan de buurvrouw vragen of ze op jullie wil passen, want Brenda gaat straks weg. En Larry is al met zijn vrienden naar Amsterdam. Hij komt pas heel laat thuis.'

Jéjé geeft een harde schreeuw. Hij slaat met zijn handjes op het blad van de kinderstoel.

'Oh ja, jij moet ook nog eten,' zegt Sophie. Ze kijkt naar Brenda. 'Maak jij even een boterham met pindakaas voor hem? De korstjes moet je eraf snijden.' Ze pakt de sleutels van de kast en gaat weg. Jéjé begint harder te roepen. Zijn lege melkflesje ligt op de grond. Mauw-Mauw likt aan de speen. Brenda smeert snel een boterham voor Jéjé. Ze haalt de korsten eraf en snijdt het brood in kleine stukjes. Een klodder pindakaas blijft aan haar vingers plakken. Ze likt haar vingers schoon en brengt het bord naar Jéjé. 'Niet Mauw-Mauw voeren, hè?' zegt ze. 'Anders wordt hij ziek.'

Anna heeft haar brood bijna op. Brenda gaat naast haar op de bank zitten en Anna kruipt tegen haar aan. 'Papa is ziek,' zegt ze. 'Papa is in het ziekenhuis.'

Brenda aait haar over haar hoofd. Ze heeft de kleintjes gemist. Ze zijn gisteravond thuisgekomen. Opa en oma moesten dit weekend weg. Anders waren ze daar gebleven.

'Hij wordt weer beter,' zegt ze troostend.

Anna knikt. 'De dokter heeft zijn motor gerapeerd.'

'Gerepareerd,' zegt Brenda. 'Ben je nog bij papa geweest?'

'Ja. Mama heeft nieuwe slaapkleren gekocht. Ik mocht ze aan papa geven. En ik mocht op het bed zitten. Papa had een heleboel snoepjes, en beneden kregen we een ijsje.'

Brenda glimlacht. 'Met slagroom?'

'Nee, die motor was ook kapot, zei mama. Hij kon geen slagroom meer maken.'

Brenda hoort de deur opengaan. Sophie is terug. Ze gooit de sleutels op de kast en vloekt. 'Niemand kan vanavond op Anna en Jéjé passen. Nu kan ik niet naar Johan!' Ze pakt het bord dat Anna op de tafel heeft gezet en brengt het nijdig naar de keuken.

Brenda ziet de bui al hangen. 'Ik ga mijn tas inpakken,' zegt ze. Op de overloop zoekt ze nog een keer tussen de schone kleren. Ze vindt haar truitje. Het zat in een kussensloop gedraaid en is helemaal verkreukt. Balen! Nu moet ze het nog strijken ook. Terwijl het ijzer warm wordt, zoekt ze haar spulletjes bij elkaar. Door het raam schijnen de eerste zonnestralen naar binnen. Ze verlichten de kleine stofjes die door de kamer dwarrelen. Voor het eerst sinds weken voelt ze zich blij. Ze kijkt er zo naar uit om haar vader weer te zien. Ze strijkt de kreukels uit het truitje glad. Op de trap klinkt een hoop gebonk. Wat nu weer? denkt Brenda. Ze wil net de stekker uit het stopcontact trekken als Sophie haar hoofd om de deur steekt.

'Bedank je vader maar dat hij precies dit weekend komt,' snauwt Sophie. 'Leuk voor Johan. Nu krijgt hij vanavond geen bezoek.'

'Daar kan ik toch niets aan doen?'

Sophie kijkt achter Brenda langs en ziet een paar dingen op

de grond liggen. Het zijn het jurkje van Anna en de handdoek die naast de wasmand was gevallen. 'Wat maak je nou voor rotzooi van mijn was? Denk je dat ik niets beters te doen heb? Je ruimt het zelf allemaal op.' Sophie pakt Brenda beet. 'Hoor je me? Je gaat niet weg voordat het klaar is.' Ze duwt Brenda van zich af. Brenda verliest haar evenwicht. Ze stoot tegen de strijkplank. Het ijzer wankelt. Brenda springt opzij, maar ze is te laat. Het hete ijzer komt tegen haar linkerkuit aan en valt op de grond.

'Au!' gilt Brenda. Ze duikt in elkaar en legt haar beide handen op de plek waar het strijkijzer haar geraakt heeft. De gloeiende hitte trekt in haar huid. Tranen springen haar in de ogen. Het doet verschrikkelijk pijn.

Sophie stapt geschrokken achteruit. 'Het is mijn schuld niet!'
Brenda huilt. 'Je hebt me geduwd.'

Sophie steekt haar hand uit. 'Je moet me geloven! Het spijt me.'

'Ga weg!'

'We moeten iets doen. Je been moet onder de kraan.'

'Ik doe het zelf wel.' Brenda komt overeind en strompelt naar de badkamer. Sophie gaat met haar mee, maar Brenda slaat de deur voor haar neus dicht. 'Laat me met rust.'

Ze zet de douche aan en koelt de brandwond met stromend water. Ze durft er niet goed naar te kijken. De plek is zeker tien centimeter groot. Na een poosje pakt ze twee paracetamols en ze laat ze in een glas water oplossen. Wat moet ik nu weer verzinnen? denkt ze.

Precies om halfelf wordt er gebeld. Brenda pakt haar tas.

'Gaat het?' vraagt Sophie voordat Brenda de deur opendoet.

Brenda staart haar aan. 'Nee,' zegt ze. 'Maar hiervoor blijf ik niet thuis.'

Brenda ziet hoe haar vader schrikt als ze de deur opendoet. Hij geeft haar een zoen op beide wangen en houdt haar een eindje van zich af. 'Wat is er, meisje? Je kijkt helemaal niet vrolijk.'

Brenda schokt met haar schouders. Ze wil niet huilen. 'Ik ben zo blij dat ik je weer zie. Het heeft veel te lang geduurd,' zegt ze schor.

Kevin neemt de tas van haar over. 'De taxi staat te wachten. Kom maar gauw mee.' Ze gaan op de achterbank zitten. Als de auto rijdt, draait Brenda zich op haar rechterbil. Ze trekt haar broekspijp omhoog. 'Pap, kijk eens,' zegt ze.

'Kind, wat heb je gedaan?' roept haar vader geschrokken.

Brenda slikt. 'Toen ik klaar was met strijken, ben ik over het snoer gestruikeld. Het ijzer is tegen mijn been gevallen. Stom, hè?'

Haar vader raakt met zijn vingertoppen zachtjes de huid rond de brandplek aan. 'Ben je bij de dokter geweest?'

'Nee.'

'Dan gaan we daar eerst naartoe.' Hij buigt voorover naar de chauffeur en zegt hem naar de huisartsenpost te rijden. Hij pakt zijn telefoon en belt naar Alice. '*Hello darling*, we komen wat later. Ik vertel je straks wel waarom.'

19

Brenda hangt achterover tegen de leren bekleding. Ze sluit haar ogen.

'Gaat het?' vraagt haar vader. Brenda knikt. 'Heeft je moeder de brandwond gezien?'

Ze knikt weer.

'Wat zei ze?'

'Ze zei dat ik mijn been onder het water moest houden. En dat heb ik gedaan.'

'Heeft ze je niet naar de dokter gestuurd?'

'Nee.'

'Waarom niet? Iedereen kan zien dat dit niet zomaar een blaartje is.'

'Ik weet het niet. Ze was pissig omdat ze geen oppas kon krijgen.'

'Belachelijk.' Kevin kijkt opzij naar zijn dochter. 'Zal ik morgen met haar praten?'

'Nee, laat maar. Ik had gewoon beter moeten uitkijken.'

'Gaat het verder wel goed? Het is natuurlijk heel stom dat we niet meer bij elkaar wonen.'

'Dat wilde jij toch?'

'Ja en nee.'

'Wat is het nou? Ik had mee kunnen emigreren. Er zijn daar ook scholen.'

'Engelse.'

'Alsof dat een probleem is.'

'Alles is daar anders.'

'Bij mam ook.'

'Ik weet het niet, Bren. Misschien heb ik het fout gedaan.'

Brenda voelt aan haar been. De wond gloeit. 'Ik weet het ook niet.'

'In de grote vakantie kom je bij ons logeren.'

'Ja.'

'Je bed staat al klaar. Daar heeft Alice voor gezorgd.' Kevin legt zijn arm om Brenda heen. 'Heb je het zo slecht bij je moeder en Johan?'

'Ik mis je. We zijn altijd samen geweest.'

De dokter van de huisartsenpraktijk onderzoekt de brandwond. Op zijn voorhoofd verschijnen diepe rimpels. 'Dat is een lelijke plek,' zegt hij. 'Wat is er gebeurd?'

'Ik ben gestruikeld.'

'Waarover?'

Brenda krijgt een kleur. 'Over het snoer van het strijkijzer.'

'Was je alleen?' De arts kijkt van Brenda naar Kevin.

'Ja,' liegt Brenda. Ze wordt nog roder als ze aan een van de wanden een poster ontdekt met de tekst MELD HUISELIJK GEWELD. Die man moet niet verder vragen, denkt ze. 'Nou ja, mijn moeder was wel thuis, maar die zat in de woonkamer met mijn broertje en zusje.'

'En u?' vraagt de arts aan Kevin.

'Haar moeder en ik zijn gescheiden. Ik heb haar net opgehaald. Toen was het al gebeurd.'

'Het is jammer. Je zult er waarschijnlijk wel een litteken aan overhouden.' De arts schrijft een recept voor een sterke pijnstiller uit en smeert wat zalf op de brandwond. 'Laat het verder zoveel mogelijk in de openlucht drogen,' zegt hij. 'Als het gaat ontsteken, moet je naar je eigen huisarts gaan. En ik adviseer je om een eind uit de buurt van strijkijzers te blijven.'

Alice kijkt bezorgd als ze Brenda en Kevin ziet. 'Wat is er aan de hand?' vraagt ze in het Engels. 'Het is al twaalf uur. Is er iets gebeurd?'
Kevin wijst naar Brenda's been. 'Ze heeft een ongeluk gehad.'
'Poor Brenda.' Alice geeft haar een dikke knuffel. 'We zullen goed voor je zorgen.'
'Laat Brenda haar kamer zien,' zegt Kevin. 'En dan is het tijd voor koffie. Daar ben ik hard aan toe.'
Brenda's kamer is ruim en luxe. Er staat een lits-jumeaux. Aan de muur hangt een televisie. Tegen de lange wand staat een roomkleurige bank en ernaast een kleine koelkast. Brenda kijkt er nieuwsgierig in. De koelkast is gevuld met kleine flesjes wijn en sterkedrank.
'Misschien ga ik me vanavond bezatten,' zegt ze.
'Oh ja?' Kevin lacht. 'Zullen we eerst maar met de koffie beginnen?'
Brenda loopt verder door de kamer. Ze ontdekt een jacuzzi in de badkamer. 'Daar wil ik in,' zegt ze vrolijk.
'Gaat dat wel met je been?' vraagt Alice.
'Natuurlijk. Ik hang hem gewoon buitenboord.'

Het wordt een heerlijke dag voor Brenda. Kevin moet een poosje weg, maar als compensatie geeft hij zijn creditcard aan Alice. 'Gaan jullie fijn shoppen. Koop maar wat leuks. Vanmiddag zie ik jullie weer.'

's Avonds eten ze in het hotel. Brenda geniet van een enorme wienerschnitzel. Daarna gaan ze naar de bioscoop en drinken ze nog iets in de stad. Tegen middernacht zijn ze weer in het hotel. 'Ik ga toch even die jacuzzi uitproberen,' zegt Brenda. 'Zou je dat nu wel doen?' vraagt Alice.

'Ik wil graag weer eens in bad. Bij mijn moeder hebben we alleen een douche.'

Brenda draait de kranen open. Ze gooit een plons badschuim in het water. Voorzichtig laat ze zich op één been in het water zakken. Het andere been bungelt over de rand.

Ik wou dat pap vaker kwam, denkt ze als ze met de afstandsbediening de jacuzzi aanzet. De bubbels borrelen om haar heen. Met dichte ogen ligt ze te genieten. Een paar minuten later kijkt ze verschrikt op. Het water is veranderd in een grote schuimmassa. Er glijden vlokken over de rand van het bad. Ze kijkt verbaasd naar het sop en begint te lachen. Met twee handen tegelijk tilt ze schuim uit het water en ze blaast het in de lucht. Dan pas ziet ze het bordje met de tekst: ALS DE JACUZZI AANSTAAT, GEEN BADSCHUIM OF OLIE GEBRUIKEN!

20

Kevin en Alice brengen Brenda de volgende avond om half-
zeven met een taxi thuis. Zij rijden door naar het vliegveld.
'Als je komt logeren, gaan we bij ons een keer winkelen,' belooft Alice.
Brenda kijkt bedrukt. Ze heeft helemaal geen zin om naar
huis te gaan.
'Kop op, meisje, nog maar een paar weekjes. Zeg maar tegen
je moeder dat je de hele vakantie mag blijven. Ik stuur je tickets
voor de vlucht.' Ze nemen afscheid. Brenda opent de voordeur.
Ze hoort een hoop herrie in de woonkamer. De tv staat zoals
gewoonlijk weer keihard aan. Sophie roept iets naar Anna.
'Nee!' gilt Anna. 'Ik wil nog niet wassen.'
Brenda zet haar tassen op de trap. Ze heeft twee nieuwe broe-
ken van haar vader gekregen en van Alice mocht ze ook iets
uitzoeken.
'Daar ben ik weer,' zegt ze tegen Sophie, die een spartelende
Anna vasthoudt.
Sophie kijkt op de klok. 'Dat is vroeg,' zegt ze.
'Het vliegtuig vertrekt om tien uur.'
'Hoe gaat het met je been?'
'Pap is met mij bij de dokter geweest. Ik heb pillen gekregen.
Die helpen wel.'

'Gelukkig.' Sophie ziet de tassen op de trap liggen. 'Heb je dat van je vader gekregen?'

'Ja, en van Alice.'

'Nou, dan hoef ik voorlopig niets voor je te kopen,' zegt ze. 'Ik ga de kleintjes onder de douche zetten.' Ze duwt Anna naar de trap en haalt Jéjé.

Brenda gaat naar de woonkamer. Ze zet het geluid van de televisie zachtjes. Larry is in de keuken.

'Hoi,' zegt Brenda. 'Ik ben weer thuis.'

'Heb je een leuk weekend gehad?' vraagt Larry.

'Ja, maar veel te kort.' Brenda snuft met haar neus. 'Wat hebben jullie gegeten?'

'Kippensoep.' Larry tilt het deksel van een pan op. 'Wil je een beetje? Hij is nog warm. Sophie heeft voor een weeshuis gemaakt.'

'Ja, lekker, wij hebben heel vroeg gegeten.' Brenda schept soep in een kom en begint te eten.

'Wat heb je allemaal gedaan?' wil Larry weten.

'Uit eten geweest, naar de bioscoop gegaan en ik heb met Alice gewinkeld. Oh, dat was even niet leuk,' zegt Brenda. 'Ik kwam mijn ex tegen.'

'Je ex? Heb je wel eens verkering gehad?'

'Ja, anders kan ik toch geen ex hebben? Het moest wel stiekem, want mijn vader wil nog niet dat ik een vriendje heb. Hij vindt dat ik te jong ben.'

'Wat is jong? Je bent vijftien! Maar is het al lang uit?'

'Een paar maanden. Hij was zo jaloers. Daar kon ik niet tegen.'

'En heb je al iemand anders op het oog?'

Brenda neemt een iets te grote hap soep. Ze verslikt zich bijna. Proestend schudt ze haar hoofd. 'Jij wel dan?' vraagt ze.

'Weet je wie mij gisteren op mijn mobiel gebeld heeft?'

'Nee.'

'Tamar.'

'Waarom?'

'Ze vroeg of ik naar de Fantasy ging. Maar ik was met mijn vrienden in Amsterdam.'

'Was je anders wel gegaan?'

'Misschien.'

'Vind je haar leuk?'

'Ze is best knap en ze doet grappig. Maar jij bent ook knap.'

'Ja hoor.' Brenda zet de soepkom terug op het aanrecht. 'Hoe gaat het met je vader?'

'Ik ga zo naar hem toe. Ga je mee?'

'Als het van mijn moeder mag.'

'Zij is vanmiddag met Anna en Jéjé geweest. Mijn vader ligt nu op een gewone zaal.'

Brenda schudt met haar linkerbeen. De plek begint weer te gloeien. Ze blaast erop.

'Wat doe jij nou?' vraagt Larry. Hij bukt en ziet de brandwond. Voorzichtig raakt hij haar been aan. 'Dat moet pijn doen. Hoe is het gebeurd?'

'Ik ben over het snoer gestruikeld toen ik aan het strijken was.'

'Stommerd! Heb je er veel last van?'

'Ik mag zo weer een pijnstiller innemen. Die werken goed. Ik zal aan mijn moeder vragen of ik naar je vader mag.'

'Ik loop mee.'

Sophie is net Jéjé aan het afdrogen. Zijn huid ziet helemaal roze. Anna staat nog onder de douche. De vloer is nat en de kleren van de kleintjes liggen verspreid door de hele ruimte.

'Mam, vind je het goed dat ik zo met Larry mee naar Johan ga?'

'Je bent het hele weekend al weg geweest. Moet je geen huiswerk maken?'

'Nee, ik heb alles af.'

'Je moet je spullen nog opruimen.'

'Dat kan ze straks toch ook doen,' zegt Larry. 'We komen na het bezoek gelijk naar huis.'

'Ja hoor, laat me maar in mijn eentje sloven. Ik ruim de troep wel weer op.'

'Sophie, ik heb net voor je afgewassen,' zegt Larry.

'Ga maar.' Sophie wappert met haar hand.

'Je moeder is een zeur aan het worden,' zegt Larry als ze buiten zijn. 'Ik zal blij zijn als mijn vader weer thuis is.'

21

Het is nog vroeg. Kwart over zeven. Brenda is klaarwakker. Waarom zou ik in bed blijven liggen? denkt ze. Ik ga eruit.
Ze trekt een korte broek en een T-shirt zonder mouwtjes aan. Zo zachtjes mogelijk gaat ze naar beneden. Iedereen slaapt nog.
Lekker rustig, denkt ze. Mauw-Mauw loopt achter haar aan de keuken in. Brenda zet voor zichzelf thee en smeert twee boterhammen met hagelslag. 'Wil je ook eten?' vraagt ze aan de poes. Ze vult het etensbakje met droge brokken. Mauw-Mauw loopt spinnend om haar heen. 'Ik ga buiten eten, hoor,' zegt Brenda. 'Het is nog lekker koel in de tuin.'
Johan heeft achter in de tuin een schommelbank gemaakt. Ze laat zich erin zakken en schommelt zachtjes heen en weer ter-wijl ze haar brood opeet. Gisteravond is de tuin gesproeid. Het ruikt lekker fris en de lavendel staat prachtig te bloeien. Mauw-Mauw komt over het kronkelige tuinpad naar haar toe gelopen. Brenda tilt haar op en laat haar meeschommelen. 'Vind je dit leuk?' vraagt ze.
'Ik wel.'
Brenda schrikt. Larry staat in een korte broek en met ontbloot bovenlijf voor haar neus. Hij lacht. 'Ik hoorde je de trap af lo-pen. Ik was al een poosje wakker en dacht: ik ga er ook maar uit.'

'Je laat me schrikken.'

'Van mij hoef je niet te schrikken. Schuif eens een stukje op.'

Hij ploft naast haar neer. Zijn bovenbeen raakt dat van Brenda aan. Ze schuift snel opzij. Larry kijkt naar Mauw-Mauw. 'Je moeder wil niet dat ze buitenkomt. Als ze ontsnapt, breekt de pleuris uit.'

'Ik weet het. Ik denk dat ik de keukendeur open heb laten staan.'

'Je moet beter opletten.'

'Ja, baas.'

'Wat ga je vandaag doen?'

'Ik weet het nog niet.'

'Zullen we naar het zwembad gaan? Als dat tenminste kan met je been.'

Brenda kijkt naar haar kuit. De wond is dicht, maar er zit wel een litteken. Ze moet even nadenken. Op haar rug zijn de blauwe plekken bijna niet meer te zien. Ze heeft alleen een klein kaal plekje op haar hoofd waar Sophie aan haar haren heeft getrokken. De afgelopen tijd heeft Sophie zich rustig gehouden. Johan is weer thuis, maar mag voorlopig nog niet werken. 'Ik heb wel zin om te plonzen,' zegt ze. Ze krijgt een ingeving. 'Zullen we de kleintjes meenemen? Dan hebben mijn moeder en jouw vader het rijk alleen. En rust, waar mijn moeder zo naar snakt.'

'Ik vind het prima.'

Brenda staat op en houdt Mauw-Mauw in haar armen. 'Mag ik voordat we weggaan even achter je computer? Ik wil kijken of mijn vader nog gemaild heeft.'

'Niet te lang. Ik moet ook nog wat doen.'

Sophie is blij dat Brenda en Larry de kleintjes meenemen. Ze ziet er moe uit. 'Als jullie straks weg zijn, kruip ik nog even in mijn bed,' zegt ze. 'Ik ben vannacht een paar keer wakker geworden van je vader. Hij sliep heel onrustig.'

'Misschien komt dat door de warmte,' zegt Larry.

'Laten we dat maar hopen.' Sophie pakt een tas in voor de kleintjes. 'Denk je eraan dat ze hun bandjes om houden?' vraagt ze aan Larry. 'En je moet ze goed insmeren.'

'Ik zal ze alle drie insmeren,' zegt hij. Hij legt zijn hand op Brenda's rug.

'Dat kan ik zelf wel.' Ze duikt weg.

Tien minuten later vertrekken ze.

'Hij wordt zwaar,' zegt Brenda tegen Larry. Ze houdt het stuur van Sophies fiets stevig vast. Jéjé zit voorop in het fietsstoeltje. 'Ik snap niet dat mijn moeder twee kinderen op de fiets kan vervoeren.'

'Ze is het gewend.'

'Als ik achttien ben, ga ik gelijk mijn rijbewijs halen.'

Het is druk in het zwembad. Ze zoeken een plekje bij het peuterbad. Anna trekt haar kleren uit en wil in haar blote billen het water in gaan. 'Hier blijven!' roept Brenda. 'Eerst je zwempak aan en je bandjes om.'

Larry heeft zich omgekleed. 'Ik ga wel met haar mee,' zegt hij. Brenda heeft thuis haar bikini al aangetrokken. Ze stopt haar kleren in de tas en haalt een turkooizen pareo tevoorschijn, die ze over haar schouders legt. Ze spelen een hele tijd met de kleintjes in het water tot Jéjé moe wordt.

'Kom, we gaan even op het kleed zitten,' stelt Brenda voor. Haar pareo is nat geworden, maar ze houdt hem wel om. Ze doet Jéjé een schone luier om en geeft hem een flesje vruchtensap. Na een paar minuten valt hij in slaap. Anna rolt zich naast Jéjé op en ook haar ogen vallen dicht.

'Ik heb trek,' zegt Larry. 'Zal ik een patatje halen?'

'Lekker, met pindasaus, alsjeblieft.'

Larry pakt zijn portemonnee en loopt naar de snackbar. Brenda kijkt hem na. Ik heb geen foute stiefbroer, denkt ze.

Van een paar handdoeken maakt ze een kussentje en ze gaat naast Anna en Jéjé liggen. Ze ontspant zich en tuurt naar de blauwe lucht. Was het maar altijd zo fijn, denkt ze. Geen ruzie met mam, geen klappen. Wat doe ik dan toch fout? Vroeger sloeg ze me nooit. Soms denk ik echt dat ze gek is.

De opgewonden stem van Tamar verstoort haar gedachten.

'Hé, waarom heb je niet gezegd dat je naar het zwembad ging?'

'Ssst!' Brenda legt een vinger op haar lippen. 'Anna en Jéjé slapen,' fluistert ze.

Larry zwaait met een plastic tas. 'We gaan bij die bosjes zitten,' zegt hij. 'Dan horen ze ons niet.'

'Ik zag Larry bij de snackbar. Eerst herkende ik hem niet in zijn zwembroek,' zegt Tamar lachend. Ze raakt zijn bovenarm aan. 'Doe je aan bodybuilding?'

Mens, doe normaal, denkt Brenda. Ze gaat naast Larry zitten. Hij geeft haar een bakje patat met pindasaus.

'Wat kijk je moeilijk,' zegt Tamar tegen Brenda. 'Is er iets?' Ze pakt ongevraagd een patatje uit Larry's bakje.

'Ik zou het niet weten. Misschien een beetje moe van het zwemmen. Ben je hier alleen?'

'Nee, de O'tjes zijn er ook.'

'Oh, en waarom weet ik dan niet dat jullie naar het zwembad gingen?'

'Ik dacht dat je nog niet kon zwemmen met je been,' antwoordt Tamar.

Larry houdt haar het bakje patat voor. 'Hier, neem er nog maar een paar.' Hij vist twee kroketten uit een zak. Brenda bijt in een kroket.

'Au, heet!' hijgt ze met open mond.

Larry gooit een blikje bronwater op haar schoot. 'Drinken,' zegt hij.

Brenda gaat verzitten. Haar pareo glijdt een stukje van haar schouders. Ze ziet Tamar naar haar rug kijken. Gauw trekt ze hem recht, maar ze is te laat.

'Heb je weer een ongeluk gehad?' vraagt Tamar al.

'Ja, zoiets. Ik ben een poosje geleden in de douche uitgegleden. Ik had iets te veel badschuim gebruikt. De vloer was heel glad.' De zoveelste smoes van mam, denkt Brenda.

'Ik geloof je niet.'

'Nou, dan niet. Maar het is toevallig wel waar.'

'Bren, weet je wat ik nou raar vind? Sinds je bij je moeder woont, heb je iedere keer iets. Pasgeleden tijdens het omkleden bij gym zag ik een grote blauwe plek op je bovenbeen. Was je toen ook uitgegleden?'

Hou je mond, denkt Brenda. Vraag niet van die moeilijke dingen.

'Nee, toen ben ik in het donker van de trap gestruikeld. Ik moest 's nachts heel erg naar de wc en lette niet goed op toen ik naar beneden liep.'

Larry en Tamar kijken elkaar veelbetekenend aan.

'Wat is er?' vraagt Brenda. 'Ik weet toch zeker zelf wel wat er gebeurd is.'

'Toen je bij je vader woonde was je niet zo klunzig,' zegt Tamar.

'Daar hadden we geen trap, en in plaats van een douche hadden we een bad.'

'Ik ben alleen bezorgd. Als er wat is, wil ik je helpen. We zijn toch vriendinnen?'

Brenda zucht diep. 'Je bent mijn beste vriendin en als ik hulp nodig heb, kom ik naar je toe.'

22

'Ik zal van de week eens kijken of ik een kast voor je in elkaar kan zetten,' zegt Johan.

Ze zitten na het avondeten met zijn vieren achter in de tuin koffie te drinken. Johan, Sophie, Larry en Brenda.

'Ik heb een leuke in een van de reclameblaadjes gezien. Hij is niet duur en hij past precies in je kamer,' zegt Johan.

'Welke kleur?' wil Brenda weten.

'Heel lichtbruin met een matglazen deur. Ik zal je straks de folder laten zien.' Johan is gedotterd. Hij voelt zich een stuk beter en is blij dat hij weer iets mag doen.

'Oh fijn, Johan. Het is zo stoffig onder mijn bed.' Brenda lacht naar hem.

'Vanaf donderdag gaat de aanbieding in. Misschien koop ik ook nog een nieuw stuk zeil. Dat oude ziet er niet meer uit.'

'Nou, je hebt wilde plannen,' zegt Sophie. 'Doe je het wel een beetje rustig aan?'

'Natuurlijk, schat.'

'Wil jij nog een keer koffie inschenken?' vraagt Sophie aan Brenda.

'Ik hoef niet meer,' zegt Larry. 'Ik ga nog even computeren.'

Brenda loopt achter hem aan naar de keuken. Er zit nog maar

een klein beetje koffie in de kan. Ze gooit het restje weg en zet nieuwe. Mauw-Mauw geeft kopjes tegen haar enkel.

'Je bent een vreetzak,' zegt ze tegen de poes. 'Maar je hebt al eten gehad. Is een beetje melk ook goed?' Ze weet dat Mauw-Mauw dol op koffiemelk is. Uit de koelkast pakt ze het flesje room. Ze ruikt eraan. Ja, het is nog goed.

'Even een schoteltje pakken,' zegt ze. Ze trekt het keukenkastje open en reikt naar het stapeltje borden.

'Waar blijf je nou?' Sophie komt geïrriteerd de keuken binnen. 'Ik vroeg alleen maar om een kopje koffie.'

Brenda schrikt van haar harde stem. Haar hand stoot tegen de bordjes. Een paar rollen uit de kast en kletteren op de plavuizen vloer.

Sophie vloekt. 'Wat ben je toch een dom kind!' roept ze. Brenda doet een paar stappen achteruit en trapt per ongeluk op Mauw-Mauws staart. Het beestje geeft een krijs en begint te blazen.

'Oh sorry, poesje, sorry.' Brenda bukt om Mauw-Mauw te troosten.

'Blijf van haar af!' schreeuwt Sophie. 'Raak haar niet aan. Je hebt haar al genoeg pijn gedaan.'

Brenda komt overeind. Verbluft hapt ze naar lucht. 'Denk je dat ik dat expres heb gedaan?'

'Kun je wel, tegen een onschuldig beest?' schreeuwt Sophie nog harder. Ze balt haar vuist en stompt Brenda hard in haar maag.

Brenda klapt dubbel. 'Stop, mam! Niet doen.'

Sophie is door het dolle heen. Ze grijpt Brenda bij haar haren en trekt haar gezicht naar zich toe. 'Rotmeid!' Ze duwt Brenda weg. Een paar van haar bruine haren zitten om Sophies vingers gewikkeld. Brenda stoot zich tegen de muur. Mauw-Mauw vlucht weg. Uit de tuin roept Johan: 'Wat is er aan de hand?'

'Blijf daar!' gilt Sophie.

Brenda voelt een grote buil op haar voorhoofd opkomen. Ze probeert weg te komen. Ze duikt onder Sophies opgeheven hand door, maar Sophie grijpt haar stevig vast.

'Hier blijven!' Ze slaat Brenda zoals ze nog nooit gedaan heeft. Brenda kermt. In een flits ziet ze dat Sophie een keukenla opentrekt.

Ze gaat me doodmaken! denkt ze.

Larry komt op het lawaai af. Hij rent naar beneden. 'Wat gebeurt er?' roept hij.

Waar ze de kracht vandaan haalt, weet ze niet. Brenda rukt zich los. In de weerspiegeling van het keukenraam ziet ze dat Sophie een schaar vasthoudt.

Ik moet weg, raast het door haar heen. Ik moet hier weg!

Ze rent de keuken uit, vliegt over het terras en springt over het tuinhekje.

Johan en Larry roepen haar. 'Brenda, kom terug! Wat is er?'

Maar niemand kan haar nu nog tegenhouden.

23

Brenda holt blindelings de straat over. Ze botst bijna tegen een fietser aan, maar weet hem nog net te ontwijken.

'Kijk uit, stommeling!' roept hij. De jongen op de fiets steekt zijn middelvinger op. Maar Brenda rent al verder. Ze schiet de hoek van de straat om. Heel even kijkt ze achter zich om te zien of ze gevolgd wordt. Ze denkt dat ze Larry's stem hoort. Als hij haar maar niet achternakomt. Ze duikt achter een paar struiken. Vanaf haar schuilplaats ziet ze Larry de andere richting in rennen. Haar hele lichaam trilt. Ze voelt aan haar lip, die aan het opzwellen is. Een straaltje bloed druppelt uit haar mondhoek. Ze veegt het met de rug van haar hand weg. Een vrouw met een tas vol boodschappen komt Brenda's kant op gelopen. Brenda aarzelt geen tel. Ze komt overeind en zet een sprint in naar het park dat vijf huizenblokken verder ligt. Er zijn nog wat mensen in het park. Een groep jongens is aan het voetballen. Een oudere man loopt gearmd met zijn vrouw. Ze hebben een klein hondje bij zich. Brenda kijkt bang om zich heen.

Ze mogen me niet vinden, denkt ze. Ik ga nooit meer terug!

Ze rent verder over het pad dat langs de rivier loopt. Na een paar honderd meter ziet ze aan de linkerkant een brug. Ze gaat langzamer lopen. Haar hart bonst in haar lijf. Ze moet een paar keer hoesten. Bah, wat heeft ze een vieze smaak in haar mond. Ze spuugt op de grond. Het speeksel is vermengd met bloed.

Dit is de laatste keer dat ze mij geslagen heeft, denkt ze. Ik wil haar nooit meer zien.

Er is niemand in de buurt van de brug. Ze laat zich van het talud glijden en klimt over grote stenen onder de brug. Als ze in het midden aangekomen is, verstopt ze zich tussen twee grote brokken steen. Op de grond ligt een plasje water. Eerst probeert ze haar ademhaling rustig te krijgen. Voor haar gevoel heeft ze uren gerend. Ze is moe en leeg vanbinnen. De rivier klotst tegen de oever. Brenda staart naar het kabbelende water. Ze klemt haar armen om haar lijf en blijft roerloos zitten. Uren gaan voorbij. Het wordt donker. Al die tijd kan ze alleen maar aan haar moeder denken. Aan hoe Sophie met een schaar achter haar stond. Dat beeld raakt ze nooit meer kwijt. Vanaf de grond kruipt de koude lucht omhoog. Op een paar meter afstand van Brenda zit een rat nieuwsgierig naar haar te kijken. Zijn snorharen trillen en zijn oogjes glimmen. Brenda is te uitgeput om hem weg te jagen.

Ze zakt tegen de grootste steen aan. Van pure vermoeidheid valt ze in slaap. De rat trippelt dichterbij. Hij snuffelt aan Brenda's schoen. Waarschijnlijk is hij alleen nieuwsgierig. Even later rent hij weg.

Als de eerste zonnestralen doorbreken, schrikt Brenda wakker van het gefluit van de vogels. Ze probeert zich uit te rekken. Door de ongewone slaaphouding is ze geradbraakt. Ze kijkt suffig om zich heen en denkt: waar ben ik?

Onmiddellijk komen de beelden van de vorige avond terug.

'Ik ben weggelopen,' fluistert ze. 'Mam kan mij niets meer doen.'

Ze rilt, zowel van de kou als van de spanning. Ze kijkt om zich heen.

Wat moet ik nu doen? denkt ze. Ik ben zomaar weggegaan. Ik heb niets meegenomen. Waar moet ik naartoe?

Moeizaam krabbelt ze overeind en ze klimt omhoog naar het pad naast de rivier. Haar kleren zitten onder de vlekken. Ze probeert ze weg te vegen. Het park ligt er verlaten bij. Het is doodstil.

Ze moet heel erg naar de wc. Haar blaas knapt bijna. Als ze nog een keer goed rondgekeken heeft, laat ze zich tussen de struiken zakken en plast ze in de bosjes. Haar hoofd bonst en het kost haar moeite om na te denken.

Eén ding weet ze heel zeker: ze gaat niet meer naar huis. Nooit meer. Ze is er niet meer veilig.

Een loslopende hond die over het grasveld komt aanrennen, laat haar schrikken. De hond ziet haar en komt op haar af. Een eind achter hem loopt een man.

Wegwezen, denkt ze. De golden retriever haalt haar in. Hij staat kwispelend voor haar en probeert tegen haar op te springen.

'Ga weg, stom beest!'

'Je hoeft niet bang te zijn,' roept de eigenaar. 'Hij doet niets.'

Brenda maakt een afwerend gebaar. Ze duwt het beest opzij. Ze is helemaal niet bang voor honden. Met grote passen loopt ze door.

'Koos, kom hier!' roept de man. De hond luistert en laat haar met rust.

Ik ga naar Tamar, denkt Brenda. Zij zal me helpen.

Er rijdt weinig verkeer op de weg. Een meisje dat kranten bezorgt, kijkt Brenda bevreemd aan.

'Is er wat gebeurd?' vraagt ze. 'Moet ik de politie bellen? Er zit bloed bij je mond!'

'Nee!' Brenda veegt langs haar lippen. 'Het is niks.' Ze loopt snel verder. Op de kerkklok ziet ze dat het pas kwart over zes is. Als ze bij Tamars huis aankomt, zijn alle gordijnen dicht. Brenda weet niet wat ze moet doen. Ze durft niet aan te bellen. Ze loopt eerst een poosje heen en weer. Dan sluipt ze naar de achtertuin en ze ziet dat Tamars raam openstaat.

'Tamar,' roept ze zachtjes. 'Tamar, ben je wakker? Ik ben het.' Ze wacht even en roept nog een keer. Het gordijn beweegt. Tamar steekt haar hoofd uit het raam.

'Bren, ben jij het? Blijf daar, ik kom naar je toe.'

Brenda hoort hoe de sleutel in het slot van de keukendeur omgedraaid wordt. Tamar loopt snel naar haar vriendin. Ze knelt Brenda in haar armen.

'Niet doen, dat doet pijn,' fluistert Brenda.

'Kom mee naar binnen.' Tamar sleept Brenda achter zich aan. 'Ze zoeken je. Weet je dat?'

Brenda gaat voorzichtig op de bank zitten. Ze is duizelig en moe en voelt zich vies. Tamar legt een hand op haar schouder. 'Waarom ben je niet naar me toe gekomen?'

'Ik ben er nu toch?' Voor het eerst na het verschrikkelijke voorval begint ze te huilen. Ze slaat haar handen voor haar gezicht. Haar lichaam schokt.

Tamar pakt een pakje papieren zakdoekjes en met trillende handen pakt ze er een uit. 'Johan heeft gisteravond gebeld.

Hij zei dat je weggelopen was. Hij is met je moeder naar het politiebureau gegaan. Wij moeten het doorgeven als we weten waar je bent.'

Brenda laat haar handen zakken. Ze kijkt Tamar verdrietig aan. 'Dan kan ik hier niet blijven,' zegt ze zacht.

24

Tamar gaat naast haar zitten en houdt haar hand vast. 'Je stiefvader heeft wel geëist dat ik moest bellen als ik jou zou zien. Maar ik heb niets beloofd.'

'Dus je vertelt hem niet dat ik hier ben?' vraagt Brenda hoopvol.

'Nee, ik niet. Maar ik ben bang dat mijn ouders het wel doorgeven als ze weten dat je hier in huis bent.'

'Dan ga ik weg.' Brenda wil opstaan.

Tamar drukt haar terug in de bank. 'Nee, Bren, zo laat ik je niet gaan. Heb je gezien hoe je eruitziet? Wat is er gebeurd?'

Brenda klemt haar lippen op elkaar. Haar dikke bovenlip doet nog pijn. De buil op haar voorhoofd is een beetje geslonken.

'Ik wil er niet over praten,' zegt ze.

'Je moet! Bren, toe nou, je hebt hulp nodig.'

'Ik kan het niet.'

'Wie heeft dit gedaan?'

Brenda schudt haar hoofd.

'Je moeder?' vraagt Tamar zacht.

Brenda laat zich achterovervallen. Ze blijft stil tegen de rugleuning zitten.

'Waarom zeg je niets? Hoe kan ik je dan helpen?' Tamar weet niet wat ze moet doen.

'Mag ik wat drinken? Ik heb sinds gisteravond niets meer gehad,' vraagt Brenda na een tijdje.

'Ja, natuurlijk!'

Ze lopen op hun tenen naar de keuken. 'Wat wil je? Melk, thee, koffie?'

'Warme melk als het kan.'

'Met suiker?'

'Ja, graag.'

Tamar doet zo zachtjes mogelijk. Ze schenkt melk in een steelpannetje en zet het gas aan. 'Hier,' zegt ze even later.

Brenda houdt haar handen rond de warme beker. 'Het was koud vannacht,' zegt ze.

'Waar was je dan?' wil Tamar weten.

'Ergens, onder een brug.'

'Wat? Ben je de hele nacht buiten geweest? Helemaal alleen? Je bent gek!'

'Dat word je vanzelf als je...' Brenda neemt een slokje van haar melk. Ze zuigt op haar lip. 'Laat maar,' zegt ze.

'Kom op, Bren, wat moet ik hiermee? Je komt naar me toe voor hulp, maar ik weet niet eens wat er is gebeurd.' Tamar kijkt op de klok. 'Straks zijn mijn ouders wakker. Voor die tijd moeten we wat geregeld hebben.'

'Mijn... moeder heeft iets ergs gedaan.' Brenda zegt het aarzelend.

'Wat dan?'

'Ik kan het nu nog niet zeggen. Ik moet eerst een veilige plek vinden.'

'Ik snap het niet.'

'Je helpt mij het meest als je niet zoveel vraagt.' Brenda drinkt haar beker leeg.

'Wat ga je doen?' vraagt Tamar.

'Weg.'

'Je kunt niet zomaar de deur uit lopen. Waar ga je naartoe?'

'Ik verzin wel wat.' Brenda staat op.

'Toe nou, Bren. Ik wil je helpen.' Tamar pakt een theedoek en maakt een punt nat onder de kraan. 'Maak je gezicht schoon en blijf hier. Ik ga boven wat voor je pakken. Niet weglopen!' Ze wacht niet op antwoord. Even later komt ze terug met een tas in haar hand. Brenda staat al bij de deur te wachten.

'Wacht, ik zal nog wat eten voor je pakken,' zegt Tamar. Ze zoekt in de keukenkastjes en stopt een zak bruine broodjes, een paar blikjes frisdrank, een rol kaakjes en twee appels in de tas. Ook stopt ze er wat geld in. Ze overhandigt Brenda de tas en vraagt: 'Weet je zeker dat je het redt?'

'Ik zal wel moeten.'

'Is er iemand anders die iets voor je kan doen? Misschien onze maatschappelijk werkster van school?'

'Nee, daar ga ik zeker niet heen. Ik weet zeker dat Johan straks contact met school opneemt.'

'Zal ik Larry bellen?'

'Oh nee. Beloof me één ding: doe dat alsjeblieft niet.'

'Ik vind het zo rot voor je. Ik wilde dat ik meer kon doen.'

'Je doet al alles wat je kunt. Dank je wel.'

'Beloof me dat je geen gekke dingen doet.'

Brenda geeft Tamar een kus op haar wang. 'Ik weet misschien al iets. Nu ga ik echt, anders staan je ouders ineens in de kamer.' Brenda duwt de deur open. 'Dag, Ta, zodra ik een veilige plek heb gevonden, laat ik het je op de een of andere manier weten.' Ze loopt weg. De tas van Tamar hangt scheef over haar schouder.

'Pas goed op jezelf,' zegt Tamar zachtjes.

25

Brenda loopt een heel eind. Ze is van plan om naar het centrum te gaan. De ochtendspits komt op gang. Bij de bushalte staan mensen te wachten. Brenda loopt door. Ze gaat niet met de bus. Ze wil zuinig doen met het geld dat ze van Tamar gekregen heeft. Een los kaartje is veel te duur. Haar maag knort. Ze kijkt even snel in Tamars tas. Behalve het eten zit er ook wat kleding in.

Je bent geweldig, Ta, denkt ze.

Ze haalt een broodje uit de tas en kauwt er langzaam op. Ondertussen bedenkt ze wat ze gaat doen. Ze verandert van gedachten. Ik ga niet naar de stad, denkt ze. Daar is te veel politie. Als ze mij herkennen, brengen ze me terug naar huis. Dat nooit!

Brenda draait zich om. Ze is niet zo goed bekend in deze wijk. Aan haar linkerkant ziet ze een schoolgebouw. Zal mam me weer ziek melden? vraagt ze zich af. Een eindje verder is een McDonald's, die zijn deuren al geopend heeft. Ze gaat naar binnen en bestelt een beker koffie. Ik moet even bijkomen, denkt ze. De koffie smaakt haar niet echt, maar een consumptie is verplicht. En nu? denkt ze. Ik kan niet naar huis. Ik kan niet bij Tamar blijven en de politie mag mij niet vinden.

Er schiet haar iets te binnen. Hoe heette die maatschappelijk werkster bij de politie ook alweer? Oh ja, Suzanne. Maar Brenda weet ook meteen dat ze haar niet zal bellen. Ze is bang dat ze aangifte tegen haar moeder moet doen en dat wil ze niet. Ondanks alles blijft Sophie wel haar moeder. Het is een warboel in Brenda's hoofd. Kon ze maar naar haar vader.

Een medewerker van de zaak tikt op haar schouder. 'Hé, je zit hier al een halfuur. Moet je niet naar school?' vraagt hij wijzend op haar tas.

'Eh, i-ik was het eerste uur vrij,' zegt Brenda stotterend. 'Bedankt, ja, ik moet gaan.' Ze sloft naar buiten. De zon begint een beetje warm te worden. Brenda knippert even met haar ogen en begint weer te lopen. Ze verwisselt de tas een paar keer van de ene naar de andere schouder. Na een tijdje komt ze bij een groot park met een kinderboerderij. Op het erf lopen een stuk of tien kippen vrij rond. Ze maakt een sprongetje van schrik als er een hangbuikzwijn haar kant op komt waggelen.

'Het is een lieverd, hoor,' zegt een vrouw met een klein jongetje in een buggy.

Brenda glimlacht. 'Ik vind hem wel leuk.' Ze gaat naast haar op het bankje zitten.

'Moet je niet naar school?'

Waar letten mensen wel allemaal niet op! denkt Brenda. 'Nee, we hebben onverwachts vrij gekregen,' verzint ze. 'De leraren hebben een of andere vergadering ingelast.'

'Dat vind jij natuurlijk niet erg,' zegt de vrouw vriendelijk. Ze kijkt Brenda van opzij aan. 'Wat is er met je gezicht gebeurd?' vraagt ze als ze Brenda's gezwollen lip ziet.

'Oh dat?' Brenda legt haar hand op haar mond. 'Dat is gisteren gebeurd. Ik had ruzie met een vriendin. Zij begon te vechten en nu is zij geschorst.'

'Leuke vriendin heb jij.'

'Ze is geen echte vriendin van mij. Ze is de vriendin van...' Brenda raakt verstrikt in haar eigen leugens.

'Ik hoef niet alles te weten, hoor.' De vrouw haalt een zak uit het net van de buggy. Er zitten koekjes in. 'Wil je er ook een?' Ze geeft haar kind een koekje en houdt Brenda de zak voor.

'Dank u wel.'

'Zeg maar jij en ik heet Dolly.'

'Ik ben Wina.' Brenda durft haar eigen naam niet te noemen.

'Wat een aparte naam. Die hoor je niet veel.'

'Ik ben naar mijn oma vernoemd.' Een gedeelte is waar. Brenda's oma van vaderskant heet echt Wina.

'Woon je hier in de buurt?' vraagt Dolly.

Brenda schat haar op een jaar of dertig. Ze is chic gekleed. Rond haar hoofd dansen blonde krullen, die ze aan één kant heeft vastgezet met een glimmend speldje. 'Nee,' antwoordt ze. 'Toen ik hoorde dat we onverwachts vrij waren, had ik geen zin om naar huis te gaan. Woon jij wel in de buurt?'

Dolly knikt en wijst in de richting van de boerderij. 'Daarachter in de villawijk.'

'Dat zijn grote huizen.'

'Inderdaad. We zijn er speciaal gaan wonen omdat mijn man en ik graag een groot gezin willen.' Dolly's ogen stralen en ze aait het jongetje over zijn hoofd. 'Over een halfjaartje krijgt Sem een broertje of zusje. Maar we hebben wel plek voor vijf kinderen.'

'Heb je zo veel kamers?'

'Ja. Het grootste gedeelte van het huis staat leeg, maar daar komt wat mij betreft over een paar jaar verandering in.' Dolly geeft Sem nog een koekje. 'Waarom wil je niet naar huis?' wil ze weten.

Brenda aarzelt. Ze vindt Dolly erg aardig. Misschien kan ze bij haar logeren? 'Ik heb ruzie met mijn moeder,' zegt ze zacht- jes.

'Wat vervelend. Is ze boos op je?'

'Ja.'

'Heb je vaak ruzie met haar?'

'Nee, dat valt wel mee.'

'Waar hadden jullie ruzie om?'

'Ach, eigenlijk om niets.'

Het jongetje heeft genoeg van het stilzitten. 'Geitjes kijken,' roept hij naar zijn moeder.

Dolly tilt hem uit de buggy. 'Ga je mee?' vraagt ze aan Brenda. 'Sem is dol op ze. We komen hier bijna elke dag even kijken.'

Brenda duwt het hek van de geitenwei open. De dieren komen op hen af gerend. Sem trekt aan het oor van een dikke bruine geit. Dat vindt het beest niet leuk. Hij geeft Sem een kopstoot tegen zijn buik. Sem valt achterover en belandt met zijn billen in de geitenkeutels. Hij begint meteen te krijsen.

'Einde pret,' zegt Dolly. Ze hijst Sem overeind. 'Kijk nou, je broek is helemaal vies. Nu moeten we naar huis.' Ze kijkt naar Brenda. 'Jammer, het was gezellig. Nou, Wina, ik hoop dat het weer goed komt tussen jou en je moeder. Tot ziens.'

26

De dag kruipt voorbij. Brenda heeft het warm. De zweetdruppeltjes glijden langs haar slapen. Ze is een poos op de kinderboerderij gebleven. Daarna is ze vier keer op en neer gelopen
door een winkelstraat. De broodjes zijn bijna op. Brenda pakt
een appel en neemt een hap. De appel smaakt zuur. Het klok-
huis gooit ze met een zwier in de prullenbak. Aan een voor-
bijganger vraagt ze hoe laat het is.
'Twee uur precies,' zegt een man.
Dan is onze klas bijna uit, denkt Brenda. Ze krijgt een idee.
De O'tjes! Ik vraag of ik een poosje bij hen kan blijven. Hun
ouders kennen mijn moeder niet en Octavia, Odillia en Olivia
hebben er geen idee van wat mam allemaal gedaan heeft. Ik
vertel dat ik 'gewoon' ruzie heb. Ze draait zich oriënterend
om haar as en slaat de weg in de richting van het huis van de
drieling in. Het is een behoorlijk eind lopen. Ze kijkt voort-
durend om haar heen of er geen politieauto's in de buurt
rondrijden. Bij een drukke kruising verschuilt ze zich achter
de rug van een brede mevrouw. Is dat Tamar die daar op de
fiets rijdt?
Bij de laatste kilometers gaan haar voeten pijn doen. Haar
open schoenen beginnen te knellen.
'Even volhouden, Bren,' spreekt ze zichzelf moed in.

Eindelijk ziet ze de flat waar de drieling woont.

Het is maar goed dat ik geen hoogtevrees heb, denkt ze als ze omhoogkijkt. De flat heeft tweeëntwintig verdiepingen. De O'tjes wonen op de eenentwintigste etage. De hal is afgesloten. Ze moet beneden aanbellen. Iemand roept: 'Hallo, wie is daar?' Brenda herkent de stem niet. Wie van de meiden is het?

'Brenda,' zegt ze in de intercom.

'Brenda?' klinkt het verbaasd. 'Wat kom jij hier doen?'

'Mag ik boven komen?' Een schorre zoemer klinkt en Brenda duwt de haldeur open. De lift voor oneven nummers is er al. Brenda krijgt een kriebelig gevoel in haar buik als de lift omhoogzoeft. Boven wordt de deur opengetrokken door Octavia.

'Kom gauw binnen. We hebben op school gehoord dat je weggelopen bent.'

Brenda volgt Octavia over de galerij. Ze gluurt over de balustrade. Toch wel erg hoog, denkt ze. Odillia en Olivia staan in de gang te wachten. Als Brenda binnenkomt, begint de drieling door elkaar te praten. Ze kan er geen wijs uit worden. Een kleine yorkshireterriër springt tegen haar benen op en begint te keffen.

'Af, Bobbie,' zegt Odillia.

'Is jullie moeder thuis?' roept Brenda om boven het kabaal uit te komen.

'Nee, vandaag werkt ze,' zegt Olivia. 'Loop maar door naar de kamer. Dill, ga opzij.'

De woonkamer is ruim en licht. De balkondeuren staan open. Olivia wijst naar de brede bank. 'Ga zitten en vertel.'

Brenda weet niet precies hoe ze moet beginnen. Ze aarzelt. 'Kunnen jullie me helpen?' vraagt ze.

'Wat is er gebeurd?' vraagt Octavia. Ze gaat naast Brenda op de bank zitten. Odillia komt de kamer binnen met een dienblad met glazen en een kan sap. De ijsblokjes tinkelen tegen elkaar. 'Wie wil er wat drinken?' vraagt ze.

'Mevrouw De Winter vroeg vanochtend tijdens het eerste uur of iemand jou gezien of gehoord had,' zegt Octavia. 'Ze zei dat je van huis was weggelopen. Maar ze vertelde er niet bij waarom je dat gedaan had.'

'Ik heb gisteren voor de zoveelste keer ruzie met mijn moeder gehad. Ze zeurt om alles. Ik was het helemaal zat.'

'Maar waarom ben je niet naar Tamar of het JIP gegaan?'

'Het JIP?'

'Dat ken je toch wel? Het Jongeren Informatie Punt. Daar helpen ze jongeren die problemen hebben.'

'Ja, nu je het zegt, ik heb er wel eens van gehoord.'

'En nu?' wil Odillia weten. De drieling kijkt elkaar aan.

Brenda zegt heel vastberaden: 'Ik ga niet terug naar huis. Voorlopig niet, in ieder geval.'

'Is weglopen eigenlijk strafbaar?' vraagt Olivia.

Odillia staat op. 'Volgens mij niet. Maar er staat me iets bij dat degene bij wie je onderdak krijgt, het moet melden bij de politie of hulpverleningsinstanties. Tenminste, als je nog geen achttien bent.'

'Dus dan kan ik hier ook niet blijven,' zegt Brenda teleurgesteld.

'Wat bedoel je met "hier ook niet"?' vraagt Octavia.

'Ik ben vanochtend bij Tamar geweest. Ze was bang dat haar ouders mijn moeder zouden bellen.'

'Tamar heeft op school niets gezegd,' zegt Odillia. 'Is zij dan strafbaar?'

Brenda schudt haar hoofd. 'Nee, ze heeft mij toch geen onderdak verleend? Maar dat heb ik wel nodig.'

'Ga dan naar het JIP,' zegt Octavia.

'Als het klopt wat Odillia zei, moeten zij ook melden. Dat wil ik niet. Ik wil eerst proberen het zelf op te lossen.'

'Waar moet je dan naartoe?' Odillia spreidt haar armen uit. 'Van mij mag je hier blijven. Maar daar schiet je niets mee op. We kunnen je moeilijk in een kast verstoppen!'

Hou op over kasten, denkt Brenda.

De drieling probeert iets te verzinnen.

'Ik weet het!' Octavia kijkt triomfantelijk in het rond. 'Oom Louis!' roept ze.

'Oom Louis? Ik snap je niet,' zegt Olivia. 'Hij is er toch niet?'

'Precies. Hij zit voor twee maanden in Portugal. Hoe lang is hij nu weg? Ik geloof een week of drie. Nou, dan hebben we een plek voor Brenda.'

'Ik geloof dat ik weet waar je naartoe wilt,' zegt Odillia. Olivia begint te knikken. Brenda begrijpt er niets van.

'Kijk,' zegt Octavia tegen Brenda. 'Onze oom heeft een middelgrote zeilboot met een behoorlijke kajuit. Er is een slaapkamertje en een keuken. Je kunt je er wassen. De boot ligt helemaal achter in de haven. Daar komt bijna geen kip. Is dat geen ideale schuilplaats voor jou?'

'Geweldig. Maar vindt je oom dat wel goed? En kun je zomaar op de boot komen?'

'Ik weet niet wat hij ervan vindt en hij hoeft het niet te weten. Want zolang hij er niet achter komt, hoeft hij ook niets te melden,' zegt Octavia.

'Octavia, je bent een genie,' zegt Odillia. 'Maar hoe wil je in de boot komen? We hebben geen sleutels.'

Octavia glimlacht geheimzinnig. 'Soms,' zegt ze, 'moet je een beetje creatief zijn.'

27

Olivia aarzelt. 'Is het toch niet beter om naar de politie te gaan?' vraagt ze. 'Ik bedoel, als wij Brenda helpen en dat niet doorgeven, krijgen wij straks problemen.'

'Nee, Liv,' zegt Octavia. 'Wij geven haar geen onderdak. Ze blijft niet hier.'

'Als je het zo bekijkt...'

'Weet jij dan iets beters?'

Olivia schudt haar hoofd. 'Bren, wil je naar de boot?' vraagt ze.

Brenda heeft er al over nagedacht. 'Als het kan, heel graag. Ik móét gewoon even weg!'

'Dan gaan we ernaartoe,' zegt Octavia. 'Heb je nog iets nodig? Eten, kleren, geld?'

'Ik ben halsoverkop van huis weggerend. Ik heb niets meegenomen. Tamar heeft me wel iets gegeven, maar dat is niet veel.'

'We lenen je wel wat,' belooft Odillia.

Brenda wil nog iets weten. 'Kunnen jullie zomaar het haventerrein op? Misschien weet de havenmeester dat je oom weg is.'

'Maak je geen zorgen,' zegt Olivia. 'Mijn oom heeft ook een kleine roeiboot. Die hangt achter de zeilboot. We mogen hem gebruiken wanneer we willen. De mensen van de haven kennen ons.'

Brenda gaat opgelucht met de drieling mee.

'We nemen de bus want het is te ver om te lopen,' zegt Odillia.

Octavia heeft van huis een schroevendraaier meegenomen. Het kost haar wel wat moeite, maar ze kan het slot van de kajuit ermee openwrikken.

'Nu kun je alleen vannacht de deur niet op slot doen,' zegt ze tegen Brenda. 'Vind je dat erg?'

'Wordt er hier vaak ingebroken?' vraagt Brenda.

Octavia moet lachen. 'Wat wij hier net hebben gedaan, bedoel je? Nee hoor, wees maar niet bang. Je bent hier veilig.'

Odillia sjouwt een tas met boodschappen naar binnen. Ze zijn in de buurt van de haven naar een supermarkt geweest.

'Daar moet je het even mee doen,' zegt ze. Ze zet het eten en drinken, de toiletspullen en wat snoep op het kleine aanrecht.

'Je kunt hier niet koken, want er is geen stroom. Tenminste, ik weet niet hoe dat aangesloten moet worden. Van het water weet ik het wel. Je moet de buitenkraan aanzetten.'

'Kun je hier wel naar de wc?' vraagt Brenda.

'Ja, als het water aangesloten is.'

De drieling legt nog een paar dingen uit. Dan zegt Octavia:

'We moeten gaan. Denk je dat je het redt?'

'Het moet wel,' zegt Brenda zuchtend.

Als de O'tjes weg zijn, gaat Brenda op onderzoek uit. De kajuit is niet groot. Hooguit twee bij drie meter. Aan de rechterkant staat een klein keukenblok met een tweepits elektrische kookplaat.

Daar heb ik dus niets aan, denkt ze.

Tegen de andere wand is een houten hoekbank getimmerd.

Hij is bekleed met dikke bruine kussens. Olivia heeft voorgedaan hoe je er een bed van kunt maken. De stevige tafel staat met zijn poten op de vloer vastgeschroefd. Er liggen wat oude tijdschriften op. Brenda snuffelt in de schuine kastjes die rondom in de kajuit hangen. In een van de kastjes vindt ze beddengoed. Ze besluit om vast haar bed op te maken. Maar eerst bergt ze het eten en drinken weg. Als ze op het opgemaakte bed gaat zitten, denkt ze: daar zit ik dan in mijn uppie. Maar ik heb in ieder geval onderdak.

Ze pakt een tijdschrift en begint erin te bladeren. Het is een vakblad over de zeilvaart. Na een paar keer omslaan, legt ze het terug. Ze vindt er niets aan. Door een patrijspoort kijkt ze naar buiten. De zon schijnt. Voorzichtig staat ze op. De boot deint op het water. Ze moet even aan het gevoel wennen. Met onzekere passen loopt ze naar de trap, die naar het dek leidt. Ze duwt de kajuitdeur open en staart over het water. Een paar meeuwen vliegen door de lucht. Tussen het riet ziet ze een reiger roerloos staan. Ze blijft naar hem kijken totdat hij een vis heeft gevangen. Het is niet druk op het haventerrein. Aan het begin van de kade heeft Brenda maar een paar mensen gezien. Ze kijkt om zich heen. De boten naast die van oom Louis liggen er verlaten bij. Ze zoekt een beschut plekje op het dek en gaat met opgetrokken knieën zitten. Dat houdt ze niet lang vol. Ze is moe en heeft nog steeds pijn.

Na een paar minuten staat ze op en gaat de kajuit binnen. Bij het keukentje wast ze zich met koud water. Ze zoekt in Tamars tas naar een schoon t-shirt. Haar hand stoot tegen iets hards. Het is Tamars mobieltje.

Dank je wel, denkt ze blij.

De telefoon is opgeladen en er zit voldoende beltegoed op. Brenda verkleedt zich en gaat op de bank liggen. Het kussen prikt een beetje. Het mobieltje legt ze naast het hoofdkussen. Hoewel ze heel moe is, kan ze niet slapen. Ze moet steeds aan haar moeder denken. Na een tijdje gaat ze rechtop zitten.

Ik moet met iemand praten, denkt ze.

Ze bladert door Tamars adresboek. Ze ontdekt Larry's naam. Natuurlijk, denkt ze. Tamar heeft zijn nummer opgeslagen. Zal ik hem bellen?

Tamar heeft hetzelfde mobieltje als zij. Snel blokkeert ze de nummermelder. Hij mag niet weten dat ze met Tamars telefoon belt.

De beltoon gaat een paar keer over.

'Larry,' hoort ze als er opgenomen wordt.

Brenda haalt diep adem. 'Hoi,' zegt ze zachtjes.

'Bren, Brenda, ben jij het? Waar zit je? Zeg me waar je bent, dan kom ik naar je toe!'

Brenda rolt op haar buik. 'Nee, Larry, dat wil ik niet.'

'Waarom niet? We maken ons zo veel zorgen om je!'

'Dat snap ik en daarom bel ik ook. Ik ben ergens waar ik veilig ben. Mijn moeder kan me nu niets meer doen.'

'Maar...?'

'Weet je wat er gebeurd is? Weet je wat ze gedaan heeft?'

'Een beetje.'

'Ik dacht dat ze me wilde vermoorden. Echt waar,' zegt Brenda zachtjes.

'Ik heb gezien dat ze een schaar in haar hand hield. Ze was helemaal buiten zinnen en bleef maar schreeuwen dat je Mauw-Mauw pijn had gedaan.'

'Is dat een excuus om je kind in elkaar te slaan?'

'Nee, natuurlijk niet.'

'Ze heeft me gestompt en geslagen.'

'Oh, Brenda, waar ben je? Ik wil je helpen. Je hoeft niet bang te zijn. Mijn vader heeft de dokter laten komen. Die had al een poosje het idee dat het niet goed ging met je moeder. Hij heeft haar medicijnen gegeven waardoor ze helemaal van de wereld is en hij wil haar laten opnemen.'

'Nee, ik kom niet naar huis.'

'Bren, alsjeblieft.'

Brenda voelt haar ogen prikken. 'Er is te veel gebeurd. Voorlopig blijf ik waar ik ben.'

'Waar ben je dan? Je kunt toch niet voor jezelf zorgen. Je hebt niets meegenomen.'

'Ik red me wel. Ik ben blij dat ik je even gehoord heb. Over een poosje bel ik weer. Dag.' Ze drukt op het rode knopje en wrijft hard in haar ogen.

28

Brenda houdt zich een paar dagen schuil op de boot. Ze slaapt veel en zit af en toe aan dek. Om de dag belt ze naar Tamar om te vertellen dat het goed gaat. Tamar blijft aandringen om te vertellen waar ze zich heeft verstopt.

'Nee, Ta, het is beter dat ik het niet zeg. Nu kun je blijven volhouden dat je geen idee hebt waar ik ben,' heeft ze tegen Tamar gezegd.

Brenda is ervan overtuigd dat Odillia, Octavia en Olivia hun mond houden. Ze hebben het beloofd. Odillia is een keer bij haar langs geweest en had behalve wat tijdschriften een bakje spaghetti voor haar meegenomen. Het was haar eerste warme maaltijd in dagen.

Met Larry heeft ze ook een paar keer gepraat. Ze heeft hem verteld wat ze de afgelopen tijd meegemaakt heeft. Larry blijft vragen of ze naar huis wil komen. Sophie wordt snel opgenomen, de kleintjes logeren bij oma en opa. Brenda weigert. 'Eerst moet zij weg zijn,' blijft ze volhouden.

Op de vijfde ochtend wordt Brenda laat wakker. Ze drinkt het laatste restje lauwe sap. Straks moet ze boodschappen doen. Er is bijna geen eten meer en het beetje melk dat er staat, is zuur geworden. Ze ruimt de lakens en het kussen op en gaat even op het dek kijken. De reiger van de eerste dag staat op zijn eigen plekje. De wind blaast door haar haren. Wat een rust, denkt ze. Wat een heerlijke rust.

Na een poosje gaat ze terug naar de kajuit. Eerst maar boodschappen gaan doen, denkt ze. Ik heb honger. Ik heb trek in wat warms.

Ze heeft nog wat geld over en stopt het met Tamars mobieltje in de tas. De kajuitdeur maakt ze provisorisch met een touwtje vast. Als ze net van de boot af is, ziet ze een man met een zeemanspet op. Hij komt met grote passen haar kant op gelopen. Heeft hij haar gezien? Ze klimt zo snel als ze kan op de boot naast die van oom Louis en gaat plat op haar buik liggen. De man komt dichterbij en gaat regelrecht naar oom Louis' boot. Brenda voelt zich misselijk worden. Hij mag me niet vinden, denkt ze. Even later loopt de man vlak langs de boot waar Brenda in ligt. Brenda maakt zich zo plat als ze kan. Als ze zijn voetstappen niet meer hoort, kijkt ze voorzichtig over de rand.

Shit! denkt ze. Die gaat de politie bellen. Ze kijkt om zich heen. Er zijn maar een paar mensen aan het werk op hun boot. Ze probeert te doen of er niets aan de hand is en loopt zo normaal mogelijk naar de ingang van de haven. In het kantoor ziet ze dat de man met de pet staat te bellen. Nog honderd meter loopt ze rustig, dan begint ze te rennen. Een eind verder komt ze bij een bushalte. Ze heeft geluk. Er komt net een bus aanrijden. Zonder te kijken waar die naartoe gaat, stapt ze in en ze koopt een kaartje bij de chauffeur. Ergens midden in de stad stapt ze uit.

Eerst wat eten, denkt ze. Ik kan nu niet nadenken. Bij de Hema neemt ze een grote cappuccino en een saucijzenbroodje. Ze bijt in het broodje en drinkt de koffie met warme melk op.

Wat moet ik doen? vraagt ze zich af. Ik kan niet terug naar de boot.

Ze loopt een poosje doelloos over straat. Ineens begint het weer om te slaan. Een stevige wind komt opzetten en de lucht wordt donker. Eerst vallen er een paar grote dikke druppels naar beneden. Eén komt precies in Brenda's nek terecht. Ze huivert en kijkt bezorgd naar de wolken. Het begint harder te regenen. Binnen een paar seconden is ze drijfnat. Het te grote T-shirt van Tamar plakt aan haar lichaam. Brenda rent de straat over naar een bushokje om te schuilen. Daar staan twee jonge mannen. Een van hen begint te lachen als Brenda als een verzopen kat het water van zich af schudt.

'Lekkere douche, hè?' zegt hij.

De andere man kijkt haar onderzoekend aan. Zijn blik blijft hangen bij het wondje bij haar mondhoek. 'Gaat het?' vraagt hij.

'Ik ben zeiknat,' zegt Brenda.

'Dat zie ik. Woon je in de buurt?'

'Nee.' Ik woon nergens, denkt ze.

'Wij wonen aan de overkant. We waren bijna thuis toen het begon te regenen. Wil je even mee om je op te knappen?'

Brenda doet een stap opzij. 'Waarom? Ik ken jullie niet.'

'Kind, je bent doorweekt. Straks word je ziek.' De man steekt zijn hand uit. 'Ik heet Frank en dat is mijn vriend Theo. Wij zijn studenten en in de kast ligt vast nog een schone handdoek.'

'Nemen jullie altijd verregende meisjes mee?' vraagt Brenda.

'Jij bent de eerste,' zegt Frank. 'Je staat te bibberen.'

'Ja, ik heb het koud.'

Theo bemoeit zich met het gesprek. 'Kom maar mee. We zorgen ervoor dat je weer op temperatuur komt.'

Brenda aarzelt. Waar moet ze anders naartoe?

Theo holt vooruit. 'Ik ga de deur opendoen,' roept hij. Frank pakt Brenda's arm en trekt haar mee. Ze klimmen twee trappen op. De woonkamer is gezellig ingericht. Er staan veel planten in de vensterbank. Frank wijst haar de badkamer aan. Hij pakt een grote, zachte handdoek en slaat die om haar heen.

'Zal ik het bad voor je laten vollopen?' vraagt hij.

'Kan dat wel? Ik bedoel, jullie kennen mij niet eens.'

'Je bent een klein meisje dat het koud heeft en droge kleren nodig heeft. Hoe heet je?'

'Wina.'

'Wina, neem lekker een bad. Ik ga aan mijn buurvrouw vragen of ze wat droge kleren te leen heeft. Ik zie je straks.'

Brenda draait de badkamerdeur op slot en stroopt de natte kleding van haar lijf. Het bad stroomt vol. Ze gaat in het warme water liggen.

Dit is belachelijk, denkt ze. Ik lig in de badkuip van twee vreemde kerels. En straks moet ik de straat weer op.

Ze laat zich helemaal onder water zakken. Ik wist niet dat weglopen zo moeilijk was, denkt ze.

Frank klopt op de deur. 'Ik heb kleren voor je, Wina. Ik leg ze hier achter de deur.'

Brenda droogt zich af. De geleende kleren slobberen om haar heen. In de woonkamer zitten Frank en Theo naast elkaar op de bank.

'Kom erbij,' zegt Theo. Hij wijst naar een ouderwetse schommelstoel waarop een schapenvacht ligt. 'Wil je iets drinken? Ik heb thee gezet.'

'Ik moet eigenlijk naar huis.' Ze kijkt uit het raam. 'Het regent niet meer zo erg en...'

'Ga nou maar even zitten,' zegt Frank. 'Je haren zijn nog niet droog en je lust vast wel iets warms.' Hij staat op en legt zijn hand op haar natte kapsel.

'Je bent toch niet bang voor ons? We willen je alleen maar helpen.'

'Ik begrijp het niet.'

Franks donkerbruine ogen glijden over haar gezicht. 'Heb ik het goed als ik zeg dat je in de problemen zit?'

29

Brenda's gezicht wordt helemaal rood. 'Hoe kom je daarbij?' zegt ze fel. 'Studeer je voor politieagent of zo?'

'Nee. Mijn studie heeft er niets mee te maken.'

'Waarom zeg je dan zoiets stoms?'

'Zeg ik wat stoms?'

'Ja.'

Frank blijft voor haar staan.

'Ga opzij,' zegt Brenda. 'Ik wil naar huis.'

'Ga je echt naar huis?'

'Natuurlijk.' Brenda draait zich om.

'Vergeet je natte kleren niet mee te nemen. De kleren van mijn buurvrouw breng je maar een keertje terug.'

Theo wil opstaan. Frank houdt hem tegen. 'Laat haar maar gaan. Ze moet het zelf weten. Maar als ze wil blijven, dan mag dat.'

'Als ik hier blijf, zijn jullie strafbaar.' Brenda heeft het gezegd voordat ze beseft dat ze zich heeft versproken. Ze slaat een hand voor haar mond. 'Ik, eh...' zegt ze stamelend.

'Ga je nu wel even zitten?' vraagt Frank.

'Hoe wist je het?' vraagt ze aarzelend als ze in de schommelstoel gaat zitten.

'Ik gokte. Maar het kon haast niet anders. Toen ik ongeveer

zo oud was als jij ben ik twee keer van huis weggelopen.'
Frank gaat voor Brenda op zijn hurken zitten.

'Waarom?' vraagt ze.

'Toestanden met mijn ouders. Jij ook?'

'Met mijn moeder.'

Theo geeft Brenda een beker thee. 'Wil je er een koekje bij?'
Hij houdt haar de trommel voor. Brenda glimlacht flauw-
tjes. Ze is in de war. Kan ze Frank en Theo in vertrouwen nemen?

'Moeilijk, hè?' zegt Theo.

Brenda wilde dat hij zijn mond had gehouden. Haar ogen
prikken en ze begint zachtjes te huilen.

'Het geeft niet,' zegt Frank. Hij haalt een schone zakdoek uit
zijn zak. 'Drink je thee maar rustig op. Straks praten we verder, Wina.'

'Dat is niet mijn echte naam,' fluistert ze. 'Ik heet geen Wina,
ik heet Brenda.'

'Het maakt niet uit. Ik snap het wel.' Frank klopt zachtjes op
haar schouder.

Brenda snuit haar neus. Ze kijkt naar Frank en Theo. 'Wat gebeurt er nu?' vraagt ze met een bibberende stem.

'Vannacht kun je hier blijven,' zegt Frank. 'We hebben een
logeerkamer. Maar wat je daarnet zei, klopt wel. We moeten
aan iemand doorgeven dat je bij ons in huis bent. Ik wil niet
in de problemen komen.'

'Mijn moeder mag niet weten waar ik ben,' zegt Brenda. 'Ab-
soluut niet!'

'Wil je ons vertellen wat er aan de hand is?' vraagt Theo.

Brenda wrijft over haar voorhoofd. 'Ze heeft me geslagen.

Niet één keer, maar heel vaak. De laatste keer dacht ik dat ze me wilde vermoorden. Ze had een schaar gepakt.'

'Dat is erg!' Frank slaat zijn arm om haar heen. 'Wat deed je vader?'

'Mijn vader en moeder zijn gescheiden. Hij woont in Schotland met zijn vriendin.' Ineens rollen de woorden uit Brenda's mond. Voor het eerst praat ze openlijk over haar moeder. 'Ik schaamde me zo. Ik vond het zo erg, maar ik kon er niets aan veranderen.'

'Wat heb jij het moeilijk gehad,' zegt Frank.

'Ja. Ik moest weg.'

'Ik zal de politie bellen en zeggen dat je bij ons bent,' zegt Theo.

'Komen ze mij dan halen?' vraagt Brenda zenuwachtig.

'Nee, en als je niet wilt dat ze ons adres aan je moeder doorgeven, doen ze dat niet.'

'Daar ben ik blij om.'

'Je hoeft niet bang te zijn.' Theo loopt naar de telefoon.

Als ze later met zijn drieën aan tafel zitten, is Brenda moe. Ze kan bijna haar ogen niet openhouden. Als ze een toetje gegeten hebben, vraagt Theo: 'Wil je naar bed?'

'Ja graag, ik ben doodop.'

Theo brengt haar naar de logeerkamer. 'Ga maar lekker slapen en pieker niet te veel. Alles komt goed,' zegt hij. 'Welterusten.'

Brenda trekt de geleende kleren uit en kruipt onder het dekbed. Ze denkt aan Larry. Ineens wil ze hem bellen. Vragen hoe het met hem gaat.

Ze hijst zich overeind en pakt Tamars mobieltje. Larry neemt bijna direct op.

'Hallo,' zegt hij. Zijn stem klinkt gespannen.

'Met mij,' zegt Brenda.

'Bren, waar zit je toch? Is alles goed met je?'

'Ja, Larry. Jullie hoeven je geen zorgen te maken. Ik ben bij mensen die mij helpen. De politie weet ervan.'

'Ik heb het gehoord. Er heeft een agent naar huis gebeld.'

'Hoe gaat het met mijn moeder?'

'Hetzelfde. Ze slikt medicijnen en ligt de hele dag op bed. Waarom heb je nooit iets tegen mij gezegd? Misschien had ik je kunnen helpen.'

'Ik weet het niet. Het is allemaal zo moeilijk. Zou jij iets zeggen als je eigen vader je sloeg?'

'Ik kan het me niet voorstellen dat een vader of moeder zoiets doet.'

'Ik had ook nooit gedacht dat mijn moeder mij expres pijn zou doen. Maar het is wel gebeurd.'

Ze hoort Larry's tanden knarsen. 'Ik wil je zien. Ik wil naar je toe komen.'

'Nee, Larry, nog niet. Er zijn zo veel dingen waar ik over na moet denken. En ik ben moe.'

'Maar snap je dan niet dat ik...' Larry houdt zijn adem in.

'Wat is er?'

'Ik moet weten of het goed met je gaat.'

'Het gaat beter.'

Larry geeft nog niet op. 'Bren, luister, ik mis je. Ik mis je heel erg!'

Ik jou ook, denkt Brenda.

30

Brenda wordt langzaam wakker. Ze draait zich op haar zij en trekt haar benen op. Ze likt langs haar lippen, die droog aanvoelen, en opent haar ogen.
Ik heb hartstikke lekker geslapen, denkt ze een beetje verbaasd.
Op de gang hoort ze Theo hoesten. Frank roept iets naar hem. Ze kan het niet verstaan. De deur van de logeerkamer is dicht. Even later wordt er geklopt. Theo steekt zijn hoofd om de deur. 'Goeiemorgen, ben je al wakker? Heb je een beetje kunnen slapen?'
'Ja, heel goed. Jullie hebben een lekker logeerbed.'
'Kom je eruit, of zal ik ontbijt op bed brengen?'
'Nee, ik kom eruit,' zegt ze.
'Wat je wilt, ik ga het ontbijt maken. Lust je een gekookt eitje?'
Brenda schudt haar hoofd. 'Nee, dank je. Daar hou ik niet zo van.'
'Wil je een bord pap of zal ik brood roosteren?'
'Nee, echt niet.' Ze schiet in de lach. 'Ik eet 's ochtends nooit zoveel.'
Bij het ontbijt vraagt Frank aan Brenda: 'Wat gaan we doen vandaag?'
'Ik weet het niet,' antwoordt ze.

'Heeft het zin om naar je school te bellen? Misschien kunnen je mentor of de maatschappelijk werkster van school iets voor je doen?'

'Mijn mentor is wel aardig, maar ze weet nergens van en onze maatschappelijk werkster heb ik nog nooit gezien.'

'We sturen je echt niet weg, maar we moeten wel iets doen.'

Brenda denkt hard na. Van huis weglopen is niet het moeilijkste. Maar daarna! Ze is afhankelijk van hulp.

'Misschien weet ik toch wel iets.' Ze kijkt Theo en Frank aan. 'Een poosje terug heb ik op het politiebureau gezeten. Nee, ik had niets gedaan,' zegt ze snel. 'Ze dachten dat ik gestolen had, maar dat was niet zo. Ik werd daar door een agente gefouilleerd en zij vermoedde dat ik mishandeld werd. Ze had gelijk. Mijn moeder had me gemept, maar dat heb ik ontkend. Toen haalde ze er een andere vrouw bij. Dat was een maatschappelijk werkster die bij de politie werkt.'

'En toen?' vraagt Frank.

'Toen niets. Ik bedoel, zij vroeg óók aan mij of ik mishandeld was. Ik zei dat ik was gevallen.'

'Geloofde ze dat?'

'Geen idee. Ze keek wel vreemd. Toen zei ze dat ik haar altijd mocht bellen als ik ergens mee zat. Ze gaf me een kaartje.'

'Daar hebben we misschien wat aan,' zegt Theo. 'Heb je haar nummer?'

'Nee. Ik heb het in mijn portemonnee verstopt en die ligt nog thuis.'

'Kun jij je herinneren hoe ze heet?'

'Haar voornaam is Suzanne, geloof ik. Ja, zo heet ze, Suzanne. Haar achternaam klinkt een beetje vreemd. Ik had hem nog

nooit gehoord. Van Hakkel, Van Kaule, ik weet het niet precies.'
'Weet je nog op welk bureau je zat?'
Brenda knikt naar Frank.
'Dan bellen we daarheen en leggen de situatie uit.'
Twee uur later mogen ze naar het politiebureau komen.

Suzanne van Haucke speelt met de pen in haar hand. Ze valt Brenda niet één keer in de rede, maar luistert naar haar verhaal. Ze herkent haar nog en vindt het dapper dat ze gekomen is. Brenda zit tegenover haar op een lage stoel en praat aan één stuk door. Ze weet dat ze alles moet vertellen.
'Ik was zo bang voor mijn moeder. Ik kon niet meer blijven. Toen ben ik weggelopen,' zegt ze. Ze legt uit wat er daarna gebeurd is en kijkt door het raam van het kantoor. Frank zit op de gang te wachten.
'Je hebt iets verschrikkelijks meegemaakt,' zegt Suzanne van Haucke.
'Ja,' zegt Brenda. Haar stem klinkt schor. 'Wat gebeurt er nu? Gaan jullie mijn moeder aanhouden?'
Suzanne legt haar handen op de tafel. 'Zou je dat willen?'
Brenda's hoofd gaat heen en weer. 'Ik wil niet dat ze in de gevangenis komt. Maar ik wil nooit meer bij haar wonen.'
'Dat begrijp ik. We moeten een goede oplossing vinden. Je hoeft geen aangifte tegen je moeder te doen, maar je kunt niet zomaar ergens anders gaan wonen. Ten eerste moet je moeder toestemming geven en ten tweede moet het op de juiste manier geregeld worden.'
'Ik vind het zo erg.'

'Dat is het ook.'

'Ik vraag me alsmaar af waarom ze het gedaan heeft.'

'Op die vraag kan alleen je moeder antwoord geven.'

'Ik wil niet met haar praten.'

'Nu hoeft dat ook nog niet. Ik ga zo meteen een paar telefoontjes plegen. Ik hoop dat de crisisopvang niet vol zit.'

'Wat is dat?'

'Een plek waar ze tijdelijk opvang bieden. Het kan moeilijk worden, want ze hebben niet altijd plaats.'

'Ik ben dus niet de enige die wegloopt.'

'Was dat maar waar.'

'Ik wilde dat ik weer bij mijn vader kon wonen,' zegt Brenda zuchtend. 'Toen waren er geen problemen.'

'Ik vind het rot voor je, Brenda. Je hebt het niet gemakkelijk gehad, meisje.' Suzanne van Haucke pakt de telefoon en zegt: 'Wil je even bij Frank op de gang wachten?'

Frank wil weten hoe het gesprek is verlopen.

'Wel goed, denk ik,' antwoordt Brenda. 'Ze gaat nu bellen voor een opvangplaats. En ze zei dat ik een keer met mijn moeder moet praten.'

Frank pakt Brenda's hand en knijpt erin. 'Hou vol,' zegt hij. 'Het ergste heb je achter de rug.'

'Ik ben zo blij dat ik met jullie meegegaan ben,' zegt Brenda met een flauw glimlachje. Ze geeft Frank een kus op zijn wang.

Ze blijven een poos zwijgend zitten tot Suzanne de deur van haar kantoor opendoet.

'Kom je ook even mee naar binnen?' vraagt ze aan Frank.

'Alles zit vol,' zegt ze als ze een stoel hebben gepakt. 'Ik heb je stiefvader gebeld. Het duurt nog even voordat je moeder opgenomen kan worden.'

'Wat gebeurt er met Brenda zolang haar moeder nog thuis is?' wil Frank weten. 'Ze mag natuurlijk nog een poosje bij ons blijven, maar dan moet dat goed geregeld worden.'

'Ik denk niet dat dat een goed idee is,' zegt Suzanne van Haucke. 'Het is beter voor Brenda om in een duidelijk gestructureerde omgeving te gaan wonen. Jullie zijn studenten. Voor zo'n wereldje is Brenda nog te jong. We gaan Bureau Jeugdzorg inschakelen. Als het echt onmogelijk is voor Brenda om weer thuis te wonen, kan ze in aanmerking komen voor begeleid kamerwonen.'

Brenda heeft al die tijd zitten luisteren, maar nu heeft ze een brandende vraag. 'Waar slaap ik vannacht?'

'Je stiefvader dacht dat je bij je vriendin ondergedoken zat.'

'Bij Tamar,' zegt Brenda. 'Dat wilde ik ook, maar het ging niet.'

'Je was zeker bang dat haar ouders de politie zouden bellen.'

'Ja.'

'Als zij je nu voor een tijdje in huis opnemen, is dat legaal.'

'Echt waar?'

Suzanne van Haucke pakt weer de telefoon. 'We gaan de moeder van je vriendin bellen.'

31

Brenda en Tamar zijn samen in de tuin. Het is zaterdagmiddag. Tamars ouders doen boodschappen en zullen op de terugweg nog wat spulletjes van Brenda oppikken.

'Ga je maandag weer naar school?' vraagt Tamar aan Brenda.

'Als het moet. Voor mijn gevoel is niets meer gewoon op dit moment.' Brenda ligt op het grasveldje. Met haar blote tenen kriebelt ze tussen de grassprietjes. Ze draait zich op haar buik en laat haar kin op haar handen rusten.

'De O'tjes zullen blij zijn als ze je weer zien. Ze hebben behoorlijk in de rats gezeten,' zegt Tamar. 'Octavia heeft verteld dat de havenmeester gebeld heeft. Hij heeft ontdekt dat het slot geforceerd was en hij heeft mijn kleren gevonden.'

'Oh jee. Hebben ze wat gezegd?'

'Ja, en ze hebben gigantisch op hun kop gekregen. Ze mogen niet meer alleen naar de haven.'

'Arme O'tjes.'

'Nou, ik vind meer: arme jij. Jij hebt pas een rottijd achter de rug!'

'Weet je, Ta, als je voor de eerste keer een klap krijgt, ben je verbaasd. Je denkt: hè? Toen ze me vaker begon te slaan, werd ik boos. Maar op de een of andere manier kreeg ze macht over mij. Ze verbood me om er met anderen over te praten. Later

141

durfde ik dat ook niet meer, want ik schaamde me. En ik bleef hopen dat ze ermee zou stoppen. Je moet het zelf meegemaakt hebben om het te begrijpen.'

'Ik geloof niet dat ik je moeder kan begrijpen.'

'Ik heb met Johan gepraat. Volgens de huisarts is ze ziek.'

'Of gestoord.'

'Dat denk ik ook.'

'Wanneer wordt ze opgenomen?'

'Ik hoop snel.'

'Gelukkig mag je nu een poosje bij ons blijven en over een paar weken ga je naar je vader. Is hij nog boos?'

'Hij wilde het eerste het beste vliegtuig pakken. Ik heb gezegd dat het niet hoeft. Hij kan toch niets doen. Ik heb heel veel met hem gebeld en nu begrijpt hij waarom ik het niet kon vertellen. Ik denk dat hij mij in de vakantie te pletter gaat verwennen.'

'Ik zou best mee willen.'

'Ik kan het vragen.'

'Of wil je iemand anders meenemen?'

Brenda gaat overeind zitten. Ze veegt wat gedroogd gras van haar benen af. 'Wat bedoel je?'

'Bren, je snapt me wel!'

'Ik begrijp niet waar je het over hebt.'

'Dat meen je niet.'

Brenda voelt het bloed naar haar wangen stijgen. 'Hij is mijn stiefbroer!'

'Nou en? Je hebt een heel leuke stiefbroer. Ik heb mijn best gedaan, maar volgens mij maak ik geen kans.'

'Hij is lief, hè?'

'En knap.'

142

'Ja.' Brenda kijkt Tamar schuldig aan. 'Ik heb al je beltegoed opgemaakt. Ik moest hem zoveel vertellen. Vind je het erg?'

'Ach,' antwoordt Tamar. 'Het is toch voor een goed doel?'

Op de oprit klinkt geluid. Tamars vader parkeert de auto. De deuren worden open- en dichtgeslagen.

'Ah, zitten jullie hier,' zegt Tamars moeder. 'Jullie hebben gelijk. Het is zulk lekker weer.' Ze doet een paar passen opzij. 'We hebben bezoek!'

Brenda's hart maakt een sprong. Achter Tamars moeder staat Larry. Dit is de eerste keer dat ze hem weer ziet. Larry loopt langzaam naar Brenda toe. Ze staat op en vergeet dat er anderen in de tuin zijn.

'Larry,' zegt ze fluisterend.

Larry trekt haar naar zich toe. Zijn ogen glimmen. 'Bren, ik heb je zo gemist.' Hij kust haar zachtjes op haar mond. Brenda kijkt heel even naar Tamar, maar dan zoent ze hem terug.

'Ik heb iets voor je,' zegt Larry. Hij haalt een envelop uit zijn broekzak. 'Je moeder vroeg of ik dit aan je wilde geven.'

Brenda's hand beeft als ze de brief aanpakt.

'Ga even zitten,' stelt Tamars moeder voor. Ze wijst naar de groene tuinbank. Larry loopt met haar mee. Brenda's ogen vliegen over de regels. Een zucht ontsnapt. Ze leest de brief nog een keer. Dan legt ze het papier naast zich neer. Larry slaat zijn armen om haar heen. 'Gaat het?'

'Ja,' antwoordt ze flink. 'Eigenlijk gaat het heel goed. Ik hoef niet meer thuis te wonen. Mijn moeder heeft toestemming gegeven voor kamertraining. En weet je wat?' Brenda kijkt op. 'Ze heeft spijt. Ze heeft spijt dat ze mij geslagen heeft.'

Het is stil in de tuin. Ze kijken allemaal naar Brenda.

'Ze weet niet waarom ze het gedaan heeft. Alleen dat ze soms zo kwaad was en in haar hoofd zo raar werd dat ze niet wist wat ze deed.'

Larry trekt haar dichter tegen zich aan. 'Dan nog had ze je niet mogen slaan.'

'Nee. Maar ze wordt nu geholpen. Ze gaat in therapie.'

'Wil je haar nog zien?'

Brenda schudt haar hoofd. 'Voorlopig niet. Later misschien. Eerst wil ik naar mijn vader.' Ze kijkt weer even snel naar Tamar. Die knikt.

'Lar, zal ik vragen of je mee mag?'